Irrwege
der Liebe

Juergen von Rehberg

Irrwege
der Liebe

Bibliografische Information der Deutschen National-bibliothek:
Die Deutsche Nationalbibliothek verzeichnet diese Publikation in der Deutschen Nationalbibliografie; detaillierte bibliografische Daten sind im Internet über http://dnb.dnb.de abrufbar.

© 2024 Juergen von Rehberg

Verlag: BoD • Books on Demand GmbH, In de Tarpen 42, 22848 Norderstedt
Druck: Libri Plureos GmbH, Friedensallee 273, 22763 Hamburg

ISBN: 978-3-7597-7519-1

Der 1. September 1939 war in mancherlei Hinsicht ein bemerkenswertes Datum.

Zum einen begann der 2. Weltkrieg mit dem Überfall auf Polen, und zum anderen begann Hubert Meisner mit dem Eintritt ins Leben einen ganz anderen Krieg gegen seine Mutter und diverse Mitmenschen.

Man kann sagen, beide Kriege forderten viele Opfer bei allen Beteiligten.

Hubert Meisner war bei Weitem kein Wunschkind. Er war das Produkt einer unglücklichen Verbindung, geboren aus einer Not, welche heute wohl nicht mehr nachvollziehbar ist.

Als Elsa Meisner, die Mutter des Knaben, in den Wehen lag, war vom Vater desselben weit und breit nichts mehr zu sehen.

In heutiger Zeit neigt man ja dazu in solchen Fällen eher von einem „Erzeuger", denn von einem „Vater" zu sprechen.

Ich finde das nicht richtig, und ich lehne das vehement ab, handelt es sich doch hierbei um die Entstehung menschlichen Lebens und nicht um die Fertigung eines Möbelstücks.

Ich werde also bei der weiteren Schilderung weiterhin den legitimen Ausdruck „Vater" verwenden.

Doch nun zur Entstehung der Tragödie:

Katharina Meisner, Ehefrau des Friedrich Wilhelm Meisner, hatte fünf Kinder, von welchen Elsa das Jüngste war.

Friedrich Wilhelm, der größenwahnsinnige Monarch hatte mit seinem österreichischen Pendant der Welt den Krieg erklärt und zu den Waffen gerufen.

Der andere Friedrich Wilhelm, respektive der Ehemann und Vater von fünf Kindern, zog sich des Kaisers Rock an und stürmte mutig an die Front.

Anfänglich war dessen Gattin Katharina gar nicht so abgeneigt vom Heldenmut ihres Ehemanns, bescherte es ihr doch eine gewisse Garantie für eine längere Zeit, dem Wochenbett den Rücken kehren zu können.

Der liebwerte Gatte hatte ihr im Verlauf der letzten Jahre kaum eine Atempause vergönnt, kamen doch die fünf Kinder relativ zügig hintereinander auf diese Welt.

Friedrich Wilhelm hatte Dynamit in seinen Lenden, was er auch bei anderen Frauen immer wieder einmal unter Beweis stellte.

Kam der Gatte einmal auf Fronturlaub nach Hause, was Gott sei Dank nur selten vorkam, verstand es Katharina, sich der ehelichen Pflicht zu entziehen.

Wie genau das vonstattenging, soll hier unerwähnt bleiben. Zum Glück für beide hatte Friedrich Wilhelm noch andere sexuelle Bezugsquellen.

Man muss jedoch auch sagen, dass er ein gestandenes Mannsbild war, und dass er mit seinem Schnauzbart, mit welchem er dem anderen, bedeutsamerem Friedrich Wilhelm, zum Verwechseln ähnlichsah, schon ein rechter Feschak war.

Was Katharina jedoch auf keinen Fall wollte, obwohl es ja nicht wirklich auszuschließen war, passierte.

Versehen mit der Mitteilung, dass der tapfere Held fürs Vaterland sein Leben gegeben hatte, stand nun die Witwe Katharina Meisner mit fünf hungrigen Mäulern plötzlich vor dem Nichts.

Als sie – viele Jahre später – das „Ehrenkreuz für Frontkämpfer" verliehen bekam, legte sie es mit einem kryptisch anmutenden Lächeln, samt Schatulle, in den Schrank, um es nie mehr hervorzuholen.

Das nach seiner Form „Tatzenkreuz", auch scherzhaft Witwenkreuz genannt, war dem „Eisernen Kreuz" nachempfunden und war bronziert für die überlebenden Kämpfer. Für die Witwen wurde es mit einer schwarzen, matten Lackfärbung überzogen.

Doch zurück zu unserer Geschichte.

Man muss davon ausgehen, dass die Witwenrente sehr spärlich bemessen war. Zum Sterben zu viel und zum Leben zu wenig, wie man so schön sagt.

Die Witwe Katharina Meisner war – zum Segen aller; also fast aller – ein äußerst pragmatischer Mensch. Sie machte sich die damalige Gepflogenheit der Aufnahme eines „Logieherrn", also eines Untermieters zunutze, um auf diese Weise ihr Einkommen aufzupeppen.

Zum großen Glück hatte ihr Vater – Gott hab ihn selig - seines Zeichens Maurer von Beruf, ein kleines Häuschen gebaut, sodass zumindest die Ausgaben für die Miete wegfielen.

Also wurden die fünf Kinder in zwei Zimmern zusammengepfercht, um einen Raum zum Zwecke der Vermietung zur Verfügung zu haben.

Auf diese Weise konnte sich die Kriegerwitwe Katharina Meisner einigermaßen über Wasser halten. Ein schwerer Schicksalsschlag traf sie jedoch, als ihre älteste Tochter Heidemarie an einem Darmverschluss verstarb.

Katharina Meisner kam über den Tod ihres Kindes nie wirklich hinweg. Er war wohl auch der Auslöser für ihre beginnende Herzerkrankung.

Als dann Friedrich Wilhelm jr. und Emma, die zweitälteste Schwester von Elsa, bald darauf das elterliche Haus verließen, wurde es sehr still im Haus.

Emma hatte geheiratet und Friedrich Wilhelm jr. war dem Ruf „der großen, weiten Welt" gefolgt. Er hatte auf einem Schiff angeheuert.

Nun waren nur noch Elsa und Hermine übrig. Die Mutter gab sich ganz ihrem Schmerz hin, und die beiden Mädchen, inzwischen schon zu jungen Fräuleins geworden, vermochten nichts dagegen zu tun.

Einer der Logieherrn, welche der Witwe weiterhin ein zusätzliches kleines Einkommen bescherten, war der Maschinenbauingenieur Eberhard Müller (ich nenne ihn einfach einmal so), ein Mann im Alter von 49 Jahren.

Er fand an der Tochter des Hauses, besagter Elsa, inzwischen zarte 23 Jahre alt, größten Gefallen und machte ihr Avancen. Und Elsas Mutter sah dies mit allergrößter Freude.

In dem Bewusstsein, dass der potenzielle Eidam aus vermögenden Verhältnissen stammte und mit seiner wahren und redlichen Absicht nicht hinter dem Berg hielt, ließ sie neuen Lebensmut fassen.

Die Eltern von Eberhard Müller hatten eine eigene Maschinenfabrik in der Nähe von Hamburg, und der Sohn, das einzige Kind, sollte die Fabrik schon bald übernehmen.

Frau Meisner sah schon vor ihren Augen, wie sie - in einem Daimler-Benz sitzend - vom geneigten Schwiegersohn durch die Gegend kutschiert wurde.

Sie genoss es sehr, von ihrem Eidam in spe mit Blumen beglückt zu werden, indes die Sache mit dem Handkuss war ihr dann doch etwas zu viel.

Eberhard war das krasse Gegenteil zu ihrem Verblichenen. Immer gepflegt und feinste Manieren. Nur was das Aussehen betraf, so konnte Eberhard mit ihrem Friedrich Wilhelm nicht mithalten.

Das Aussehen von Eberhard war das eine, was die arme Elsa nicht wirklich prickelnd fand; aber mehr noch störte sie der gewaltige Altersunterschied.

Sie fasste allen Mut zusammen, um der geliebten Mutter ihre Bedenken anzuvertrauen, in der Hoffnung auf Gott und die Einsicht ihrer Mutter.

Aber weder Gott noch die Mutter kamen der – sich in völliger Verzweiflung befindlichen - jungen Frau zu Hilfe. Die Witwe Katharina Meisner zerstörte jegliche Hoffnung mit den gewichtigen, alles erdrückenden Worten:

„Ach Elsa, meine Kraft lässt immer mehr nach. Ich weiß nicht, wie viel Zeit mir der Herrgott noch schenkt. Wer soll sich denn um dich kümmern, wenn ich einmal nicht mehr bin? Eberhard wird gut für dich sorgen."

Die Tränen in den Augen der Mutter und das Wissen um die Herzkrankheit derselben lösten den Einwand Elsas in Luft auf. Sie beugte sich dem Wunsch und begegnete dem Werbenden fortan mit etwas mehr Herzlichkeit.

Kaum, dass sie mit dem Herrn Ingenieur verlobt war, forderte dieser auch schon einen Liebesbeweis von der jungen Frau.

Und dieser Liebesbeweis war so groß und mächtig, dass Elsa davon schwanger wurde.

Das wiederum passte nicht in den Lebensplan des Herrn Ingenieurs.

Von seinem nächsten Besuch im elterlichen Domizil kam er nicht mehr zurück. Stattdessen kam ein Brief seiner Mutter an Elsa, worin die Aufkündigung der Verlobung mitgeteilt wurde:

„Diese Verbindung geschah ohne Wissen und Zustimmung der Eltern. Sie ist nicht standesgemäß und daher sofort als hinfällig zu betrachten."

Am Ende blieben nur noch ein paar belanglose gute Wünsche als schäbiger Rest übrig und ein äußerst schaler Geschmack bei Elsa und ihrer Mutter.

So unangenehm diese Tatsache auch gewesen sein mag, Elsa vermochte sich sogar darüber zu freuen.

Die Ablehnung für diesen Menschen, der zu feige gewesen war, die Verlobung persönlich zu lösen, und der noch in seinem fortgeschrittenen Alter am Rockzipfel seiner Mutter hing, wuchs ins Unermessliche.

Was Elsa damals jedoch noch nicht wissen konnte, war die Tatsache, welche Frucht bzw. was für ein „Früchtchen" in ihrem Leib heranwuchs.

Elsas Mutter bekam beim Erhalt des Briefes – sie hatte ihn selbstverständlich zuerst gelesen – einen weiteren Herzanfall und damit war die Angelegenheit ein für alle Mal erledigt.

Was hätte sie auch sonst tun sollen? Einen Anwalt konnte sich die Witwe gar nicht leisten.

*****

Die Entbindung des Knaben Hubert Meisner geschah im elterlichen Haus und in aller Stille, abgesehen davon, dass jedes Kind bei der Geburt einen Schrei des Triumphes ausstößt, um seine Herrschaft über Mutter und Umwelt zu verkünden.

Der kleine Hubert – von der Großmutter liebevoll „Hubsi" genannt – tat seine Abneigung der Mutter gegenüber unmittelbar kund, indem er so heftig an ihrer Brust saugte, dass diese entzündet wurde.

So kam zum seelischen Schmerz auch noch der körperliche hinzu, der sogar noch weit schmerzhafter war.

Elsas Mutter kümmerte sich in dieser schweren Zeit rührend um das Wohl von Mutter und Kind, wohl nicht zuletzt auch deswegen, weil sie ein Gemisch aus Reue und Schuld in ihrem Busen trug.

Indes der Busen von Elsa heilte mit der Zeit und es blieben auch keine Schäden zurück. Ganz im Gegensatz dazu hatten sich in der fast noch jugendlichen Seele von Elsa tiefe Narben gebildet, die nur schwer zu heilen vermochten.

Der Knabe wuchs heran und hatte sich zu einer schier nicht zu bewältigenden Aufgabe entwickelt.

Unter einem süßen, blonden Lockenkopf schlummerte der Charakter eines Wildpferdes. Elsa, in all ihrer Bemühung, eine gute Mutter zu sein, vermochte den kleinen Wildfang kaum zu bändigen.

Allein die Großmutter vermochte ihm bis zu einem gewissen Grad Paroli zu bieten.

Umso mehr vermisste Elsa den guten Einfluss ihrer Mutter auf den Knaben, als diese schon sehr bald ihrem Herzleiden erlegen war.

*****

Als 1942 die Alliierten immer häufiger deutsche Städte bombardierten, war Hubert 3 Jahre alt. Er musste nun immer öfter mit seiner Verwandtschaft in den Luftschutzbunker flüchten.

Das hatte zur Folge, dass er regelmäßig seine Notdurft, sowohl in flüssiger als auch in fester Form in seine Windel absonderte.

Die segensreiche Erfindung der ersten industriell gefertigten Einwegwindeln sollte in jenen Tagen noch fast 20 Jahre auf sich warten lassen.

Es ist heute, so viele Jahre später, nicht mehr zu verifizieren, ob Huberts Ausscheidungen damals als Folge von Angst einzustufen waren oder eine frühe Form „chemischer" – Pardon, ich meine natürlich „komisch riechender" – Kampfstoffe darstellten.

Aber wie auch immer, es herrschte Krieg, und da gehen die Uhren nun einmal anders.

Ein anderer Vorfall, einige Jahre später, warf indes ein völlig anderes, klareres Bild auf den Knaben. Der Krieg war vorüber und die Menschen bemühten sich um Normalität. Das spiegelte sich in verschiedenen Bereichen wider.

Es war um die Weihnachtszeit, als Hermine Elsa bedrängte, mit ihr ins Kino zu gehen.

Elsa weigerte sich anfänglich, ergab sich aber schließlich doch dem Argument, man könne ja ab und zu nach Hause eilen, um nachzuschauen, dass alles beim Rechten sei.

Dazu muss man wissen, dass Elternhaus und Dorfkino nur wenige Schritte voneinander auseinanderlagen.

Kaum, dass der Film begonnen hatte, stand Elsa von ihrem Sitz wieder auf, um nach Hause zu gehen. Mit den Worten:

„Ich verspüre eine innere Unruhe", verließ sie den Kinosaal, und ihre Schwester folgte ihr; jedoch nicht, ohne ihren Unmut zu bekunden.

Kaum dass die Haustür aufgesperrt war, rochen die beiden Frauen auch schon den Rauch, der unter der Küchentür in Richtung Eingang hindurch gekrochen kam. Voller Entsetzen riss Elsa die Tür zur Küche auf und gewahrte die Ursache für den Rauch.

Der kleine Hubert, inzwischen im zarten Alter von fünf Jahren, hatte mit einer Metallschaufel dem Kohleherd einen Teil seines glühenden Inhaltes entnommen und diesen in die nebenbei stehende Holzkiste gekippt.

Nur ein paar Minuten später, und das Haus hätte lichterloh gebrannt.

Hubert Meisner stand neben der qualmenden Holzkiste, und in seinem Gesicht spiegelte sich eine Melange aus Angst und Triumph wider.

Die völlig überforderte und einem Nervenzusammenbruch nahe Mutter, welche den Triumph in den Augen des Knaben als stärker empfand, denn seine Angst, ließ ihren Gefühlen freien Lauf, was dem armen Hubert nicht sonderlich gefiel.

Hermine musste Elsa Einhalt gebieten, denn zum ersten Mal in ihrem noch relativ jungen Leben, empfand Elsa Mordgelüste gegen ihr eigenes Fleisch und Blut.

Es liegt nahe, dass die Tatsache, dass ein Kind, das nun bald in die Schule gehen würde, noch immer das Bett nässte, zu ihrem augenblicklichen Gemütszustand wesentlich beitrug.

Als Hubert registrierte, dass der Feind, vulgo seine Mutter, die erhoffte Wirkung zeigte, stellte er seinen körperlichen Schmerz unter das Gefühl des Sieges, und seine Tränen versiegten augenblicklich.

An ihre Stelle trat ein Ausdruck tiefster Zufriedenheit und die Gewissheit, dass ihn jeder kommende Tag in seinem Leben dem Ziel der absoluten Macht näherbringen würde.

Und als erkennbares Zeichen setzte er ein breites Grinsen auf, was die Mutter zu dem Satz hinreißen ließ:

„Ich könnte ihn umbringen und seinen verfluchten Vater gleich dazu!"

Das wiederum veranlasste die älteste Schwester, die Flasche „Asbach uralt" aus dem Wohnzimmerbüfett zu holen, die sonst nur zu ganz bestimmten Anlässen zum Einsatz kam.

Sie goss zwei Gläser ein und forderte Elsa auf, das Glas mit einem Zug zu leeren.

„Trink das, das wird dich beruhigen!"

Der Vollständigkeit halber sei hier angeführt, dass ein Schluck „Klosterfrau Melissengeist" wohl den gleichen Zweck erfüllt hätte, wohl aber lange nicht so gut gemundet hätte.

*****

Inzwischen war es Herbst geworden und der Krieg war schon über ein Jahr vorüber. Das betraf jedoch nur den 2. Weltkrieg, nicht jedoch den Krieg zwischen Mutter Elsa und Sohn Hubert.

Die Einschulung des Knaben stand unmittelbar bevor. Die Freude Huberts hielt sich sehr in Grenzen, da er mehr Sinn in seiner Freizeitgestaltung in Form von Spielen in der freien Natur sah als die harte Schulbank zu drücken.

So sehr sich Elsa auch bemühte, ihrem Sohn die Schule schmackhaft zu machen; es gelang einfach nicht. Um seine zutiefste Abneigung deutlich zum Ausdruck zu bringen, setzte Hubert schon am ersten Schultag ein klares und unmissverständliches Zeichen.

Er verprügelte den Mitschüler und Nachbarsknaben Udo dermaßen, dass dessen Mutter, die wiederum eine Schulkameradin von Elsa war, einen hysterischen Schreianfall bekam:

„Kannst du deinen Bankert nicht besser erziehen? Der ist doch abartig und gehört ins Heim!"

Damit endete das bisher harmonische Nachbarschaftsverhältnis abrupt, um nie wieder so zu werden, wie es all die vielen Jahre davor gewesen war.

Wenn man sich den misshandelten Udo einmal genauer betrachtete, so konnte man nicht nachvollziehen, wie das möglich war.

Udo war nicht nur einen ganzen Kopf größer als Hubert, er war auch von einer wesentlich kräftigeren Statur.

Das war wohl darauf zurückzuführen, dass Udos Eltern eine kleine Landwirtschaft betrieben, und dass die Ernährung für den Sprössling üppiger war als die von Hubert.

Obwohl Marianne, so hieß die Mutter von Udo, mit Elsa zur Schule gegangen war, und die beiden Frauen ein fast freundschaftliches Verhältnis verband, wirkte sich das auf die Gabe von Lebensmitteln äußerst spärlich aus.

Das mag wohl auch daran gelegen haben, dass die Schwiegereltern von Marianne, und hier vornehmlich ihre Schwiegermutter, nicht so gut auf Elsa zu sprechen waren.

Ihr einziger Sohn Heinz hatte schon immer ein Auge für Elsa gehabt, was seine Mutter gar nicht so toll fand. Ihre Pläne für den Sohn sahen eine Bauerntochter als potenzielle Ehefrau vor.

Und so heiratete Heinz Marianne, die Tochter von Bauer Haslauer und zeugte den Knaben Udo.

Marianne und Elsa hatten nun jede ein Kind, beides Knaben und im selben Alter. Das verband die zwei Frauen, wohl auch deshalb, weil sie beide ohne Ehemann dastanden.

Elsa, weil der Vater von Hubert ein Schwächling war, und Marianne, weil ihr Heinz aus dem Krieg nicht mehr zurückkam.

Und nun endeten die Freundschaft und die Verbundenheit zweier Frauen, weil der böse Hubert in rasendem Zorn den armen Udo so sehr verprügelt hatte.

„Ich habe dir schon immer gesagt, dass diese Hure, mitsamt ihrem Bankert, nichts taugt", giftete Mariannes Schwiegermutter, und damit war das Kapitel erledigt.

Für Hubert brachen nun schwere Zeiten an. Elsa, die sich in ihren Mitteln sehr eingeschränkt sah, verhängte für den rabiaten Sprössling Meisner Stubenarrest.

Das war die absolute Höchststrafe für Hubert, der seinem unbändigen Freiheitsdrang nicht mehr in dem Maße nachkommen konnte, den er für angemessen hielt.

Für seine Mutter war es nicht weniger schwer. Hätte sie nicht die Unterstützung der älteren Schwester gehabt, die ihr finanziell unter die Arme griff, wer weiß, wie ihr weiteres Leben und das ihres Sohnes verlaufen wäre.

Der Gedanke – zusammen mit ihrem Sohn – aus dem Leben zu scheiden, kam ihr nicht nur einmal in den Sinn. Selbst die Tatsache, dass sie eine gute Katholikin war – auch ohne ständig in die Kirche zu rennen – hielt solch düsteres Denken nicht fern.

Ein kleiner Garten hinter dem Haus bot die Möglichkeit, ein wenig Obst und Gemüse anzubauen, was schon zu Lebzeiten der Großeltern getan wurde.

Und am Sonntag half Elsa als Bedienung im Gasthaus „Sonne" aus. Eine der Töchter des Besitzers, war ebenfalls eine Schulkameradin von Elsa.

Den einzigen Luxus, den Elsa sich in jenen Tagen vergönnte, war eine gelegentliche Liaison. Ihr junger Körper verlangte danach, und Elsa sah auch nicht ein, warum sie darauf verzichten sollte.

Ihre ältere Schwester betrachtete dies jedoch mit Argwohn. Von ihr wurde sie immer wieder einmal darauf hingewiesen, dass sie Mutter sei und eine gewisse Verantwortung zu tragen habe.

Wenn jedoch Elsa dann unter vielen Tränen argumentierte, dass ihr Leben nicht nur sinnlos, sondern auch freudlos wäre, und dass sie am liebsten Schluss machen wollte, dann knickte die besorgte Schwester ein, und Elsa konnte ihren unsittlichen Lebenswandel für einen gewissen Zeitraum wieder unbehelligt fortführen.

****

Der Knabe Hubert, den Elsa übrigens niemals „Hubsi" nannte, wie die verstorbene Großmutter, schoss gewaltig in die Höhe.

Vielleicht war das auch der Grund für seine schulischen Missleistungen. Der Geist konnte mit dem Körper einfach nicht Schritt halten.

Hubert musste zwei Klassen seiner Schuljahre im Gymnasium wiederholen, und als er die Schule endgültig schmiss, war er bereits im zarten Alter von 17 Jahren.

Elsas Schwester, welche den Besuch des Gymnasiums von Anfang an als eine Schnapsidee bezeichnet hatte, obwohl sie der finanzielle Sponsor war, sah sich bestätigt; machte jedoch keine diesbezügliche Erwähnung.

Ihre Schwester tat ihr leid, und sie fand, dass eine Mutter, die mit einem solchen Kind gesegnet ist, schon mehr als genug gestraft wäre.

*****

In der nahen Kreisstadt war eine Dachdeckerfirma namens „Heidenreich" ansässig, die einen Lehrling suchte.

Elsa fuhr mit dem Zug in die Kreisstadt und pries ihren Hubert mit blumigen Worten und einem betörenden Augenaufschlag als potenziellen Lehrling an.

Wendelin Heidenreich, der Seniorchef, zeigte sich am Anfang skeptisch, als er Hubert in Augenschein nahm.

Der schmächtige Lockenkopf mit seiner finsteren Miene, die abzulegen Hubert keinesfalls bereit war, obwohl ihn Elsa noch zu Hause dazu vergattert hatte, schien dem älteren Mann nicht zuzusagen.

Allein dem Umstand, dass Alfred Heidenreich, der Sohn und Juniorchef, an der Erscheinung von Huberts Mutter großen Gefallen fand, machte das unmöglich Scheinende möglich.

„Wir nehmen ihn erst einmal auf Probe", kam er seinem Vater zuvor, *„und dann sehen wir weiter."*

„Wenn du meinst", brummte Wendelin Heidenreich mit wenig Begeisterung; denn ihm war keinesfalls das Leuchten in den Augen seines Sohnes entgangen, als dieser die Mutter anstarrte.

Und am Montag darauf begann Hubert Meisner seine Lehre als Dachdecker.

Die Freude der Mutter währte jedoch nur kurz. „Hubert, der Schwierige", wie man den Knaben nennen könnte, entzog sich dieser glänzenden Berufsaussicht auf äußerst geschickte Weise.

Allzu frühes Aufstehen, mit dem Fahrrad in die 8 km entfernte Kreisstadt radeln, auf dem Dach stehen bei Hitze, bei Kälte, gleichwohl bei Regen und Schnee, das war nicht sein Ding.

Das alles zusammen waren die wahren Gründe, warum er die Lehre schon nach wenigen Monaten einem unrühmlichen Ende zuführte.

Der vorgeschobene, aus dem Reich der Fantasie geschöpfte Grund, war ein immer wieder kehrender Schwindel, der den Auszubildenden in höchste Gefahr brachte.

Was die Sache mit dem Schwindel betraf, so war es dem Wort nach noch nicht einmal gelogen. Nur dass es sich um keinen körperlichen Schwindel handelte, sondern um einen geistigen.

Elsa war zu Tode betrübt, als ihr der liebe Sohn einen Brief seines Lehrherrn überreichte, in welchem in knappen Worten zu lesen stand, dass das Lehrverhältnis – aus körperlichen Mängeln – mit sofortiger Wirkung gelöst sei.

Nicht nur, dass Elsa Auslagen für Berufskleidung und ein gebrauchtes Fahrrad hatte, das sie anschaffen musste, damit Hubert zur Arbeit fahren konnte, fiel jetzt auch noch das kleine finanzielle Zubrot weg, welches der Sohn bis dahin nach Hause gebracht hatte.

****

Hubert war von Euterpe, der Muse für Musik, geküsst worden.

Elsa wurde fast vom Schlag getroffen, als der Herr Sohn eines Abends – in Begleitung einer kräftigen Alkoholfahne und eines riesigen Musikinstrumentes - nach Hause kam.

Hubert hatte eine zweifelhafte Schönheit aus Messingblech über die Schulter gehängt und sagte mit stolzgeschwellter Brust:

„Ich bin seit heute Mitglied bei der Feuerwehrkapelle!"

„Aber du kannst doch gar nicht Trompete spielen", kam der verzweifelte Einwand von Elsa.

„Erstens ist das keine Trompete, sondern eine Tuba", entgegnete Hubert, *„und zweitens kann man das ja lernen."*

Elsa, die schon sehr lange in dem Bewusstsein lebte, dass ihr Sohn ein sturer Bock war, und dass man ihm, so er sich etwas in den Kopf gesetzt hatte, es schwer bis gar nicht wieder austreiben konnte, resignierte.

Sie war es müde, immer wieder gegen Windmühlen anzurennen, und vielleicht bewirkte ja die Liebe zur Kunst, die scheinbar in Hubert erwacht war, etwas Gutes, von dem sie jedoch noch keine genaue Vorstellung hatte.

Die nächsten Tage und Wochen wurden von heftigen Dissonanzen erfüllt, und alles Katzengetier machte einen großen Bogen um das elterliche Haus.

Die Intensität der musikalischen Übungsstunden schrumpfte im selben Maße wie die Geduld von Elsa. Hinzu kamen die schrägen Blicke der gesamten Nachbarschaft, denn es war Sommer und die Fenster des Hauses standen weit offen.

Zum Glück war Geduld keine von Huberts Stärken. So schnell die Lust am Musizieren gekommen war, so schnell war sie auch wieder gegangen.

Die ganze Angelegenheit war einer Alkohollaune entsprungen. Hubert hatte einen Freund aus der Nachbarschaft zur allwöchentlichen Probestunde ins Feuerwehrhaus begleitet.

Nach der Probe wurde in großen Mengen Bier getrunken, und im Verlaufe des Abends hatte man einen Dummen gefunden, nach dem man schon längere Zeit gesucht hatte.

Niemand wollte bis dahin das Ungetüm von Musikinstrument spielen. Es war nicht nur sehr schwer und unhandlich, es bot auch eine mächtig große Fläche zum Putzen.

Der Herr Dirigent, ein gewisser Herr Schuster, legte größten Wert auf blitzblank geputzte Instrumente.

Und bei einer Größenordnung, wie bei einer Tuba, da brauchte es schon fast eine Stunde und eine ganze Flasche „Sidol", den Reiniger für Messing, Kupfer und Bronze, um das Ding zum Glänzen zu bringen.

Einer der vielen Besuche in letzter Zeit auf dem Arbeitsamt hatte Früchte getragen. Die Maschinenfabrik „Wagner und Söhne" suchte dringend Lehrlinge.

Die Ironie der Geschichte bestand darin, dass Hubert zwar wusste, dass er einen Vater hatte; aber weder wer das war, noch welchen Beruf er ausübte.

Und so setzten sich die Gene des Erzeugers durch. Hubert trat in die Fußstapfen seines Herrn Papas, der ihn schon vor seiner Geburt verlassen hatte.

Zur übergroßen Freude von Elsa fand Hubert Gefallen an der Arbeit. Das betraf jedoch nur den praktischen Teil. Den theoretischen Teil hasste er wie der Teufel das Weihwasser.

Zur Lehre gehörte leider auch der Besuch der Berufsschule. Und genau da stieß der Lehrling Hubert Meisner an seine Grenzen.

Waren ihm Volksschule und Gymnasium schon ein Gräuel und eine Qual, so bildete die Berufsschule für ihn den absoluten Horror.

Rechnen und geometrische Zeichnungen waren eine Kombination des Schreckens, wobei er das Zeichnen durchaus mochte. Die Akkuratesse machte ihm Probleme, denn dazu fehlte ihm einfach die Geduld.

Und so passierte es nicht nur einmal, dass er – nach mehreren Fehlversuchen – Heft und Bleistift in die Ecke feuerte, um sie danach wieder aufzusammeln.

Was Hubert an Geduld und Geschick fehlte, das machte er mit Ehrgeiz wieder wett. Und davon besaß er eine ganze Menge.

In seiner praktischen Arbeit in der Fabrik ging Hubert völlig auf. Das fiel auch seinem Meister auf, der den Lehrling sehr schnell in sein Herz geschlossen hatte.

Gerhard Brenner, der Meister in der Maschinenfabrik, war übrigens ein Schulkamerad von Elsas älterer Schwester Hermine.

Und die Ehefrau von Gerhard Brenner wiederum war die Schulkameradin von Elsa. Das war damals halt so auf dem Dorf. Jeder kannte jeden, und die meisten waren auch noch miteinander verwandt.

*****

Hubert hatte die Lehrzeit erfolgreich hinter sich gebracht und durfte sich fortan „Geselle" nennen.

Der 21. Geburtstag war ein Meilenstein in Huberts Leben. Seine Mutter hatte eine kleine Feier arrangiert und Verwandte und Freunde eingeladen.

Einer der Verwandten, Großonkel Theodor, der betagte Bruder von Huberts Großmutter, fragte das Geburtstagkind, welches von den Geschenken ihn am meisten erfreut habe.

Die Antwort von Hubert kam prompt und klang wie eine Kriegserklärung:

„Am meisten freut mich, dass ich ab heute volljährig bin, und dass mir niemand mehr etwas zu sagen hat."

Das, was wie eine trotzige Mitteilung an die Anwesenden klang, und darüber hinaus an die restliche Welt, war eher eine Kriegserklärung. Hubert hatte es genussvoll hinausposaunt.

Es erinnerte ein wenig an die Geschichte von Jericho, als die Stadt von den Israeliten erobert und zerstört wurde.

Damals hat der Klang von sieben Schofaren, einer Art Trompeten, den Einsturz der Stadtmauern verursacht.

Und so musste sich auch Hubert in diesem Augenblick wohl gefühlt haben, als er die Mauern seines „Gefängnisses" zum Einsturz brachte, und somit der Weg ins Paradies für ihn frei wurde.

Seine Vorstellung davon war sehr konkret, und nichts und niemand würde ihn auf diesem Weg dorthin aufhalten können.

Die geladenen Gäste waren wie erstarrt, und erst die Frage, ob noch jemand Kaffee wünsche, erlöste sie wieder daraus.

Elsa und ihre Schwester Hermine sahen einander an und ihre bis dahin empfundene Fröhlichkeit war aus ihren Gesichtern gewichen.

Was bisher immer wieder in Ordnung zu bringen war, und wofür immer wieder eine Lösung gefunden werden konnte, für das hatte sich ab sofort eine neue Dimension eröffnet.

Hermine nickte Elsa zu und Elsa nickte zurück. Sie versuchte, ein Lächeln in ihr Gesicht zu zaubern, aber ihre Tränen wischten es sofort wieder hinweg.

****

Es war nicht zu übersehen, aus dem kleinen Hubert war ein Mann geworden. Das Einzige, was noch an seine Kindheit erinnerte, war sein Lockenkopf.

Hubert hatte das „gewisse Etwas". Er folgte hemmungslos seinen Trieben, und die Frauen folgten ihm. Mit Liebe hatte das alles nicht wirklich etwas zu tun.

Er hatte sich inzwischen von seiner Mutter „abgenabelt". Das sah so aus, dass er seinen Lohn nicht wie bisher der Mutter gab, und von ihr ein Taschengeld erhielt.

Es verhielt sich genau umgekehrt.

Den Lohn behielt Hubert zur Gänze. Und für Kost und Logis, nebst Wäsche waschen zweigte er einen kleinen Teil für seine Mutter ab.

Als Hubert ihr diese Neuigkeit eröffnete, überlegt Elsa für einen Augenblick lang, ob sie Hubert hinauswerfen sollte.

So wäre sie mit einem Schlag ein riesiges Problem los. Andererseits wäre sie aber auch allein im elterlichen Haus.

Ihre Geschwister gingen längst schon ihre eigenen Wege, und von den diversen Liebhabern würde wohl keiner bei ihr einziehen wollen.

Die waren alle verheiratet oder gaben zumindest vor es zu sein. Und im Grunde genommen hätte sie das auch gar nicht wirklich gewollt.

Der Chef des Kleiderhauses „Höllerer" in der nahen Kreisstadt, in dessen Geschäft sie schon seit vielen Jahren als Verkäuferin arbeitete, war einer dieser Verehrer.

Er hatte Elsa mehr, als nur einmal geschworen, sich von seiner Ehefrau scheiden zu lassen. Elsa wusste ganz genau, dass das gelogen war, machte aber das Spiel mit.

Im Laufe der vergangenen Jahre hatte Elsa mehrere Liebhaber gehabt. Aber niemals zur gleichen Zeit.

Die meisten davon waren nicht mehr als eine nette Abwechslung. Beide Teile hatten ihren Spaß, frei von jedweder Verpflichtung und bar jeder Liebe.

Es gab einen Einzigen, in den sich Elsa unsterblich verliebt hatte. Er kam aber viele Jahre zu spät; sehr viele Jahre.

Er hieß Georg Strahl, war Architekt und hatte eine Familie mit zwei Kindern. Ein größeres Bauvorhaben hatte ihn in die Gegend verschlagen.

Elsa und er trafen bei einem Dorffest aufeinander und es hatte sofort gefunkt. Georg hatte von Anfang an mit offenen Karten gespielt.

Er hatte seine familiären Verhältnisse offengelegt, noch bevor sie ihre erste gemeinsame Nacht verbrachten. Und das imponierte Elsa sehr.

Das Bauvorhaben ging irgendwann zu Ende, und Georg hatte keinen Grund mehr, in das kleine Dorf zu kommen, wo eine Frau voller Liebe auf ihn wartete.

Elsa hatte sich immer wieder vorgenommen, sich von dem Gefühl Liebe erst gar nicht in Besitz nehmen zu lassen; aber es war stärker als sie.

Ausgesprochen hat sie es jedoch nie.

Als der Moment des Abschieds gekommen war, gab es eine letzte Flasche Wein bei Kerzenlicht und eine innige Umarmung.

Und Elsa verspürte ein Gefühl, das ihr bis zu diesem Augenblick fremd und unbekannt war: Liebesschmerz.

*****

Hubert hatte sich einen Motorroller gekauft. Es war ein gebrauchtes Gerät, auf das er eine Anzahlung geleistet hatte. Den Restbetrag konnte er in monatlichen Raten „abstottern".

Endlich war er mobil. Und auf die Frauen machte es mächtig Eindruck.

Wenn er am Abend nach Hause kam, begab er sich sofort in sein Zimmer. Er streckte seinen Kopf nur in die Küche, in welchem sich Elsa aufhielt, wenn er eine Mittelung für sie hatte.

Das waren dann irgendwelche Ansagen, die Wäsche betreffend, oder der gelegentliche Wunsch auf eine finanzielle Zuwendung.

Benzin für den Roller und Ausgaben für Amouren überstiegen gelegentlich sein Budget.

Das waren Momente, bei denen sich der Sohn darauf besann, dass er eine Mutter hatte. Und das waren auch Momente, wo Hubert seinen ganzen Charme spielen lassen konnte.

Und davon besaß er eine ganze Menge. In solchen Augenblicken erinnerte Hubert seine Mutter an Eberhard, den Vater von Hubert, als er vor vielen Jahren so lange um sie warb, bis sie schwach wurde.

In solchen Augenblicken stieg eine unbändige Wut in ihr auf, die sie mit aller Kraft unterdrücken musste, um sie nicht auf Hubert zu übertragen.

Er war bei Gott kein Kind der Liebe, er war lediglich ein Kalkül einer verzweifelten Kriegswitwe; aber er war trotz allem Elsas Sohn.

Elsa sah gelegentlich auf das Bild ihrer Mutter, welches in einem kleinen silbernen Rahmen gefasst war. Und manches Mal kam es ihr über die Lippen:

„Warum hast du das nur getan, Mutter?"

*****

Elsa stand vor dem Haus und sah von Weitem einen Mann, mit einem weißen Turban auf dem Kopf, die Straße herunterkommen.

Als er näherkam, erschrak Elsa. Es war Hubert und sein weißer Turban war ein Kopfverband.

„Um Gottes willen", entfuhr es Elsa, *„was ist passiert?"*

„Es hat mich geschmissen", antwortete Hubert auf seine flapsige Art, *„und der Asphalt war doch etwas härter als mein Kopf."*

„Und was sagen die Ärzte?", fragte Elsa besorgt, *„ist außer dem Kopf sonst nichts verletzt?"*

„Reicht das nicht?", antwortet Hubert mit einem feixenden Grinsen, *„also für mich ist es genug."*

„*So meine ich das doch nicht*", sagte Elsa fast ein wenig entschuldigend, „*ich bin natürlich froh darüber, dass nicht noch mehr passiert ist.*"

„*Ich bin halt ein richtiger Glückspilz*", sagte Hubert, und fügte kurz danach hinzu:

„*Heidi hatte da mehr Pech.*"

„*Hast du die Frau überfahren?*", fragte Elsa voller Entsetzen.

„*Quatsch, Heidi saß hinten drauf*", kam die lapidare Antwort von Hubert, welche wenig Anteilnahme erkennen ließ.

„*Welche Heidi?*", fragte Elsa, „*und wieso saß sie bei dir auf dem Roller?*"

„*Breuningers Heidi*", antwortete Hubert, „*sie ist meine neue Freundin.*"

„*Ist das nicht die Tochter vom Ratsschreiber Breuninger?*", fragte Elsa, und Hubert antwortete:

„*Ja, kennst du sie vielleicht?*"

„*Kennen wäre zu viel gesagt*", antwortete Elsa. „*Ich kenne sie nur vom Sehen; aber den Vater kenne ich recht gut.*"

Hubert wollte schon in den ersten Stock hinaufgehen, um sich in seinem Zimmer niederzulegen.

„*Möchtest du mir deine Freundin nicht einmal vorstellen?*", wagte Elsa einen zaghaften Versuch. „*Vielleicht am Sonntag zum Kaffee?*"

„*Nein, jetzt nicht*", antwortete Hubert. „*Vielleicht später einmal*".

Damit war dieses Thema erledigt; zumindest, was Hubert betraf. Elsa dachte an Huberts Freundin. Sie hatte ein Bild von ihr vor Augen; eine nette und auch hübsche, junge Frau.

Sie freute sich, dass Hubert gerade sie als Freundin ausgesucht hatte.

Was sie jedoch nicht wissen konnte, war die Tatsache, dass ihr Sohn wie eine Biene war, die von Blüte zu Blüte flog, diese bestäubte, um danach zur nächsten Blüte weiter zu fliegen.

Eine feste und dauerhafte Beziehung war in Huberts Lebensplan nicht vorgesehen. Die Mädchen liebten ihn; er hingegen begehrte sie nur.

*****

Heidi war schon längst Geschichte. Über den aktuellen Stand von Huberts Beziehung lag Elsa keinerlei Information vor. Hubert schloss seine Mutter immer mehr aus seinem Leben aus.

Beruflich lief alles glatt für ihren Sohn. Sein Meister, Herr Brenner, hatte einen Narren an seinem Gesellen gefunden. Das ging so weit, dass er Hubert eines Tages ein verlockendes Angebot machte.

„Ich werde mit zwei anderen eine eigene Maschinenfabrik gründen. Wenn du möchtest, dann kannst du von der ersten Stunde an dabei sein."

Hubert musste nicht lange überlegen. Die Sympathie, welche Gerhard Brenner für seinen Gesellen empfand, stieß bei Hubert auf Gegenliebe.

Hubert sah in seinem Meister eine Art Vaterersatz. Er liebte die klare Struktur, die er durch diesen Mann erfuhr, und die er sich im Unterbewusstsein immer schon gewünscht hätte.

Und so geschah es, dass Hubert ein Teil der Firma „Brillo – Maschinenfabrik" wurde. Der Name setzte sich aus den Namensteilen von Brenner, dem Meister, Illig, dem Büroleiter und Lohmann, dem Geschäftsführer und Finanzier zusammen.

Letzterer war der Sohn vom Bauunternehmer Heinrich Lohmann, einem der reichsten Männer in der Gegend und bester Freund vom Meister Brenner.

Der Vater von Lohmann jr. war anfangs von der Idee nicht sehr begeistert. Er hätte den Sohn viel lieber in seiner eigenen Firma gesehen.

Es hielt ihn aber dennoch nicht davon ab, für den Betrieb seines Sohnes und dessen Freunde die Bürgschaft zu übernehmen.

Gerhard Brenners Tochter Lydia arbeitete als Sekretärin in der prosperierenden Firma und ihr Vater hätte es wohl sehr gern gesehen, wenn sie und Hubert zueinanderfinden könnten.

Lydia, eine hübsche, junge Frau, hatte jedoch schon einen anderen Verehrer, und außerdem passte sie nicht wirklich in das Beuteschema von Hubert. Sie war zu bieder und somit für ihn uninteressant.

Huberts berufliche Entwicklung war schon sehr weit fortgeschritten. Herr Brenner hatte sich in seinem Schützling nicht getäuscht.

Ihm war sehr bald das Potenzial aufgefallen, welches in Hubert schlummerte. Hubert wurde immer öfter an größere, schwierigere Werkstücke herangelassen. Und das zur größten Freude seines Meisters.

*****

„Was ist das für ein Ring an deinem Finger? "

Elsa hatte ihn bemerkt, als sie an einem Samstag beim Mittagessen saßen. Es kam zwar kaum noch vor, dass Hubert mit seiner Mutter gemeinsame Mahlzeiten einnahm; aber heute war das so.

Hubert hatte es nicht verabsäumt, die Kosten für Logis und Verpflegung dementsprechend zu kürzen. Er hatte schließlich die Möglichkeit, in der betriebseigenen Kantine zu speisen.

Elsa hatte ihn gewähren lassen. Sie war schon längst zu müde, um mit ihrem Sohn darum zu streiten.

Als Hubert ihre Frage nach dem Ring nicht beantworten wollte, wiederholte Elsa ihre Frage.

„Das ist ein Verlobungsring", antwortete Hubert, ohne seinen Kauprozess dabei zu unterbrechen.

Elsa hatte immer großen Wert darauf gelegt ihrem Kind gute Manieren beizubringen. Es schien, als wollte Hubert keine Gelegenheit auslassen, sie mit seinem Fehlverhalten zu brüskieren.

Wie sehr musste das Kind sie hassen, dass er das tat. Sie sah Hubert an, der sein Essen – ohne auch nur einen Moment lang seine Aufmerksamkeit der Mutter zu widmen – weiter in sich hineinschlang.

„Das ist ja wunderbar", sagte Elsa in dem Bemühen ein Gespräch in Fluss zu bringen, *„und wann ist die Feier?"*

„Welche Feier?", fragte Hubert, sich ahnungslos stellend.

„Na die Verlobungsfeier", beantwortete Elsa die völlig unsinnige Frage.

„Die war schon", antwortete Hubert.

Elsa schluckte. Sie fragte sich, warum ihr eigen Fleisch und Blut sie dermaßen demütigte.

„Und warum war ich nicht eingeladen?"

„Die Eltern von Hannelore spielen in einer anderen Liga", antwortete Hubert, der gerade seinen Teller – scheinbar genervt von der Fragerei – abrupt von sich schob.

„Was heißt das?", fragte Elsa, und ihr Ton nahm an Schärfe zu.

„Na, dass du nur eine kleine Verkäuferin bist, und dass Hannelores Eltern in einer Villa wohnen."

Dieser Schlag hatte gesessen und er schmerzte sehr. Der Magen von Elsa krampfte sich zusammen, und sie brauchte alle Kraft, um nicht in Tränen auszubrechen.

„Diesen Gefallen werde ich ihm ganz sicher nicht tun", dachte Elsa und ging stattdessen zum Gegenangriff über.

„Jetzt hör einmal gut zu, du elender Mistkerl. Wer hat dich denn großgezogen und genährt? Wer hat denn deine Wäsche gewaschen und deinen Dreck weggewischt? Und dass alles ohne Vater?"

„Ist das vielleicht meine Schuld, dass dir der Mann davongelaufen ist?"

Diese Worte waren der berühmte Tropfen, der das Fass zum Überlaufen brachte. Elsas Kopf färbte sich dunkelrot und mit schriller Stimme rief sie:

„Pack deine Sachen und verschwinde augenblicklich aus meinem Haus. Ich will dich hier nie wiedersehen!"

Elsa zitterte am ganzen Leib. Das Blut hämmerte wie wild in ihren Schläfen.

Hubert war aufgesprungen, und einen Augenblick lang schien es, als wolle er auf seine Mutter losgehen. Er stand vor ihr mit geballten Fäusten, das Gesicht ebenfalls gerötet und mit hervorstehenden Adern auf der Stirn.

Die Blicke von Mutter und Sohn trafen wie Blitze aufeinander und keiner der beiden machte den Eindruck, als wolle er zurückweichen.

Es war erstaunlicherweise Hubert, welcher den Blickkontakt als Erster unterbrach. Er wandte sich – mit dem Götz-Zitat auf den Lippen – ab, verließ den Raum und kurz darauf das Haus.

****

„Du bist eindeutig zu weit gegangen."

Das waren die ersten Worte der Schwester nach der Begrüßung. Elsa hatte sie unter Tränen angerufen, nachdem Hubert das Haus verlassen hatte.

„Ich wusste mir einfach nicht mehr zu helfen“, antwortete Elsa, die inzwischen selbst eingesehen hatte,
dass sie – wenn auch verständlicherweise – überreagiert
hatte.

*„Hubert ist wahrlich kein Sonnenschein; aber er ist
und bleibt trotz allem dein Sohn.“*

„Du hast ja recht“, antwortete Elsa, *„aber wieso
weißt du überhaupt von unserem Streit?“*

„Hubert hat mich angerufen“, antwortete Hermine,
*„er hatte wohl Angst, du könntest es ernst meinen mit
dem Rauswurf.“*

„Als ich es gesagt habe, war es mein voller Ernst“,
erwiderte Elsa, und für einen kurzen Moment suchte sie
ein kleines Lächeln heim.

„Also kann er weiter bei dir wohnen bleiben“, fragte
Hermine und Elsa antwortete:

*„Nur wenn er sich bei mir entschuldigt, diesen Ge-
nuss möchte ich mir nicht versagen.“*

„Das macht er ganz bestimmt, liebe Schwester“,
antwortete Hermine.

„Da wäre ich mir nicht so sicher“, sagte Elsa und
das kleine Lächeln hatte sich schon wieder verzogen.

*****

„Wie wäre es, wenn du mit deiner Hannelore am Sonntag zum Nachmittagskaffee kommen würdest?", fragte Elsa und Hubert sagte zu.

Hubert hatte sich – wenige Tage nach Elsas Gespräch mit ihrer Schwester – bei seiner Mutter entschuldigt.

Es war ihm sichtlich schwergefallen, denn er brauchte eine lange Anlaufzeit, um sich zu überwinden. Am Ende überwog die Erkenntnis über die Notwendigkeit, seinen Wohnsitz zu behalten.

Aus dieser Erkenntnis heraus erwuchs auch die Zusage für die sonntägliche Kaffeestunde. Es war ihm mindestens so schwergefallen wie die vorausgegangene Entschuldigung. Und einmal mehr manifestierte sich in ihm der Entschluss „Hotel Mama" so schnell, wie nur irgend möglich zu verlassen.

*****

„Grüß Gott und vielen Dank für die liebe Einladung!"

Elsa war überrascht ob der Erscheinung von Hannelore, der Verlobten ihres Sohnes: Eine attraktive, schwarzhaarige Frau mit einer guten Figur und feinst gekleidet.

44

Sie wusste ja inzwischen, wer die junge Dame war und aus welchem Haus sie stammte. Es war die Tochter vom Bauunternehmer Lohmann und die Schwester eines der Chefs von Hubert.

Was Hubert nicht wusste, war die Tatsache, dass Heinrich Lohmann kein unbeschriebenes Blatt war. Er war ein Schürzenjäger par excellence, und die Tatsache, dass er verheiratet war, hinderte ihn nicht daran, seiner Passion weiter nachzugehen.

Er hatte es sogar einmal bei Elsa versucht. Es passierte bei einer Faschingsveranstaltung, und Elsa hatte große Mühe, sich die Hände dieses Herrn vom Leib zu halten.

Das war also die „andere Liga", von der Hubert gesprochen hatte. Heinrich Lohmann hatte sich doch nur ins gemachte Nest gesetzt. Die Schönheit seiner Gattin war nicht das Lockmittel, dem er erlegen war, der Reichtum seines Schwiegervaters hingegen sehr wohl.

Als sein Schwiegervater das Zeitliche gesegnet hatte, übernahm er die Firma nebst Villa und gab fortan den Bonvivant. Im Grunde genommen war er jedoch nur ein schmieriger Parvenü.

„Ich freue mich, dass Sie meiner Einladung gefolgt sind, liebe Hannelore", sagte Elsa, *„ich darf sie doch so nennen?"*

„Sehr gern sogar", antwortete Hannelore und warf ihrem „Hubsi" einen schmachtenden Blick zu.

Als Elsa später hörte, dass ihre künftige Schwiegertochter diese schreckliche Wortverstümmelung gebrauchte, schaute sie ihren Sohn kurz an und war über dessen Reaktion überrascht.

Es gab keine Reaktion. Der liebe Hubsi war total handzahm. Elsa verstand die Welt nicht mehr. Was hatte dieses junge Wesen nur mit ihrem Hubert gemacht?

„Wie geht es Ihrem Vater?", versuchte Elsa eine zwanglose Unterhaltung zu beginnen.

Die Antwort fiel sehr knapp auf, ebenso wie der Aufenthalt an diesem Sonntagnachmittag.

„Danke, gut!"

Und nachdem Kaffee und Kuchen verzehrt waren, machte die scheinbar nette junge Frau der Farce ein unmissverständliches Ende.

„Vielen Dank für den köstlichen Kaffee und den Kuchen; aber wir müssen jetzt leider schon gehen."

„Aber wieso denn?", fragte Elsa völlig überrascht, *„Sie sind doch gerade erst gekommen."*

„Tut mir leid; aber wir haben noch andere gesellschaftliche Verpflichtungen."

Der Inhalt dieser Worte und wie Hannelore sie gesagt hatte, ließen ihr wahres Gesicht erkennen.

Elsa ärgerte sich fast ein wenig, dass sie sich so hatte täuschen lassen. *„Der Apfel fällt wohl nicht weit vom Stamm"*, dachte sie, und sie spielte das Spiel mit.

„Schade, liebe Hannelore", sagte Elsa, *„bitte richten Sie Ihren Eltern einen lieben Gruß aus. Ich hoffe, wir sehen uns bald einmal wieder."*

Elsa fröstelte es, als sie das sagte. Es wurde ihr in diesem Augenblick bewusst, dass sie keine Schwiegertochter gewinnen würde; aber dass ihr Sohn seine Seele verkauft hatte.

Ihr Herz krampfte sich zusammen bei dem Gedanken, dass Hubert bereit war, über Leichen zu gehen, um gesellschaftlich aufzusteigen und in ein besseres Leben hinüber zu wechseln.

Und in diesem Leben würde Elsa wohl keine Rolle mehr spielen. Sie fragte sich einmal mehr, was sie bei der Erziehung ihres Sohnes falsch gemacht hatte.

*****

Als die Vermählungsanzeige von Hubert und Hannelore – auf feinstem Büttenpapier und mit goldenen Lettern bedruckt – ins Haus flatterte, war Elsa doch etwas überrascht.

Es waren gerade einmal fünf Monate vergangen, seitdem sie den beiden Turteltäubchen bei Kaffee und Kuchen gegenübersaß.

Ein weiteres Zusammentreffen hatte es nicht mehr gegeben. Elsa sah ihren Sohn – wenn überhaupt – nur noch, wenn er am Abend nach Hause kam, um sich zu waschen und umzuziehen.

Sie hatte sich damit abgefunden, und sie hatte beschlossen, wieder mehr ihr eigenes Leben zu führen.

Franz Höllerer, der Chef des Kleiderhauses, in welchem Elsa – inzwischen zur Abteilungsleiterin avanciert – noch immer arbeitete, lud sie gelegentlich zu kleineren Ausflügen mit dem Auto ein.

Diese Ausflüge endeten dann für gewöhnlich in einem viele Kilometer entfernten, abgelegenen kleinen Waldschlösschen, einem Liebesnest für betuchte Gäste.

Die Gefahr, jemandem aus ihrem Dorf zu begegnen, lag bei null, denn die Preise in dieser noblen Herberge waren exorbitant.

Und selbst wenn, wäre es Elsa egal gewesen. Sollten sich doch die anderen ihr Maul zerreißen; zu erwarten hatte sie von diesen Menschen sowieso nichts.

Sie pflegte keinen intensiven Kontakt zu irgendwelchen Nachbarn. Dazu war sie viel zu oft verletzt und gekränkt worden. Man beließ es bei einem höflichen Grüßen und das war es auch schon.

Franz Höllerer hatte Elsa immer respektvoll behandelt. Es war kein billiges Arrangement der beiden, das sich auf schnellen Sex reduzierte. Es war mehr.

Franz hatte Elsa immer wieder einmal angeboten, sich von seiner Frau scheiden zu lassen. War es auch noch vor Jahren nicht wirklich ernst gemeint, so verhielt es sich jetzt ganz anders. Es war auf einer Betriebsfeier, als Franz Elsa darauf angesprochen hatte, dass sie auf ihn einen traurigen Eindruck machte.

Er insistierte sie so lange, bis sie ihm ihr Herz ausschüttete. Und Elsa war danach sehr froh darüber, dass sie das gemacht hatte. Es fühlte sich einfach nur gut an.

Bis zur nächsten Verabredung war es dann nur noch ein kleiner Schritt. Sie knüpften dort an, wo sie vor Jahren aufgehört hatten.

Elsa hatte zu keiner Zeit ein schlechtes Gewissen; weder vor Jahren noch jetzt. Birgit Höllerer, die Ehefrau von Franz war eine böse, herrische Frau, die keiner wirklich mochte.

Die Art, wie sie mit den Angestellten umging, war völlig inakzeptabel. Sie nützte jede Gelegenheit, wenn Franz außer Haus oder auf Geschäftsreise war, um die Chefin zu spielen.

Und das machte sie dann auf eine widerwärtige Art und mit größtem Genuss. Und so manches Mitglied der Belegschaft fragte sich, wie ein so netter Mann an eine solche Megäre gekommen ist.

*****

Elsa war nicht wirklich erstaunt darüber, dass sie zwar eine Bekanntmachung der bevorstehenden Hochzeit ihres Sohnes erhalten hatte, jedoch keine Einladung.

Es kränkte sie zwar im ersten Moment; aber andererseits war sie nicht wirklich erpicht mit der Familie Lohmann und deren Freunden an einem Tisch zu sitzen.

„Der feine Zwirn, mit dem man sich zu kleiden pflegt, täuscht nicht über den Charakter ihrer Träger hinweg. Ich habe zwar ein weit geringeres Einkommen, aber ich habe mehr Persönlichkeit vorzuweisen als die gesamte Mischpoche aus der Villa."

Elsa musste unwillkürlich lächeln bei diesen Gedanken, und es half ihr, die Enttäuschung zu überwinden.

Sie besorgte sich ein Billet, um ihre Glückwünsche auszusprechen und um sich mit dem größten Bedauern für ihr Fernbleiben zu entschuldigen, befinde sie sich doch zu diesem Zeitpunkt gerade auf einer unaufschiebbaren Reise.

Als sie am Tag der Trauung heimlich ganz hinten in der Kirche saß, offenbarte sich ihr die überstürzt angesetzte Trauung. Der voreheliche Verkehr hatte deutlich erkennbar Früchte getragen.

Die Hochzeit wurde zu einem fulminanten Ereignis. Der gesamte Geldadel hatte sich versammelt, um das Brautpaar hochleben zu lassen.

Hubert hatte zwar alles erreicht, so richtig glücklich schien er aber nicht zu sein. Allein der Dresscode, dem er sich beugen musste, bereitete ihm Unbehagen.

Er sah sich Menschen ausgesetzt, von denen er nur einen kleinen Teil kannte, und die ihm nur bedingt sympathisch waren.

Die vielen grinsenden Gesichter, das Schulterklopfen und das wohlwollende Gehabe vermochte ihn nicht wirklich froh zu stimmen.

Er gehörte spätestens ab heute zu ihnen; fühlte sich aber nicht so. Er wünschte sich in diesem Augenblick, seine Mutter wäre bei ihm. Wie hätte er auch wissen können, dass sie ihm – noch vor wenigen Stunden auf der Kirchenbank weinend sitzend – ganz nah gewesen war.

„Was machst du denn für ein Gesicht? Man könnte glauben, das ist eine Beerdigung und keine Hochzeit."

Mit diesen Worten riss der Brautvater Heinrich Lohmann den Schwiegersohn aus seinen Gedanken.

„Ich bin einfach nur überwältigt von dem tollen Fest."

Mit dieser Lüge und einem eiligst aufgesetzten Lächeln zog sich Hubert aus der Affäre.

„Das will ich doch hoffen", meinte Heinrich Lohmann, *„schließlich kostet mich das eine ordentliche Stange Geld. Dafür will ich auch viele Enkel."*

Letzteres sagte er laut lachend, begleitet von einem gönnerhaften Klopfen auf die Schulter seines Schwiegersohnes.

Und zum ersten Mal empfand Hubert Zweifel an dem, was da gerade mit ihm passierte. Das war nicht wirklich seine Welt.

Was hatte er alles unternommen, um in diese Welt vorzustoßen. Und jetzt, da er es erreicht hatte, konnte er noch nicht einmal Freude empfinden.

„Es ist schade, dass deine Mutter nicht gekommen ist. Ich hatte mich so darauf gefreut sie wieder einmal zu sehen."

Hubert musste gegen eine aufkommende Übelkeit ankämpfen. Das war zweifellos die Lüge des Tages.

Barbara Lohmann, die Ehefrau des Baulöwen und Huberts Schwiegermutter, war seiner Mutter noch nie zuvor begegnet. Sie kannte sie noch nicht einmal vom Hörensagen.

„Ja, das ist wirklich schade", antwortete Hubert, *„aber ihre Reise hatte sie schon vor einem Jahr gebucht, und die konnte sie so kurzfristig nicht mehr absagen."*

„Das ist schon richtig", legte Barbara nach, *„aber die Hochzeit des eigenen Sohnes verpassen; ich weiß nicht…"*

Hubert biss sich auf die Lippen, um nicht etwas zu sagen, was er wohl bereuen würde. Er beließ es bei einem leichten Schulterzucken.

„Sie sind also der Wunderknabe der Brillo."

Bevor sich Hubert Gedanken darüber machen konnte, wer der Herr war, der gerade auf ihn zugetreten war, trug sein Schwager Peter Lohmann zu Huberts Erleuchtung bei.

„Darf ich dich mit Herrn Direktor Blohmeier bekannt machen, lieber Schwager, dem Chef von „Blohmeier und Co?"

Diese Maschinenfabrik mit Sitz in Köln war deutschlandweit und darüber hinaus auf dem Gebiet des Maschinenbaus führend und für Hubert ein Begriff.

Hubert ergriff die entgegengestreckte Hand und sagte:

„Es ist mir eine große Ehre und eine Freude Ihre Bekanntschaft zu machen, Herr Direktor."

„Die Freude ist ganz meinerseits, junger Freund", antwortete Emil Blohmeier, *„und den Direktor lassen wir weg."*

Hubert gefiel der ältere Herr. Er war ganz anders als die anderen anwesenden Gäste. Irgendwie passte er gar nicht dazu.

Die Sympathie, welche Hubert für diesen Mann empfand, kam von diesem postwendend zurück.

„Wir müssen uns demnächst einmal gründlich miteinander unterhalten, mein Lieber. Aber nicht heute. Heute ist Ihr Tag und der Ihrer charmanten Gattin. Genießen Sie das Fest und meine herzlichsten Glückwünsche!"

„Vielen Dank, Herr Direktor!", sagte Hubert, und Peter nahm den Arm des älteren Herrn, um ihn mit den Worten *„ich möchte Sie noch ein paar anderen Herren vorstellen"*, von Hubert wegzuführen.

*****

„Bist du glücklich?"

Mit diesem Satz überfiel Hannelore ihren Ehemann beim gemeinsamen Frühstück. Ihr Bauch hatte inzwischen Formen angenommen, welche die Schwangerschaft deutlich erkennbar kündete.

Hubert sah Hannelore fragend an. Mit dieser Frage sah er sich völlig überfahren, und er wusste nicht so recht, was er darauf antworten sollte.

„Bist du glücklich?"

Hannelore hatte ihre Frage wiederholt.

„*Ja*", antwortete Hubert, „*wieso fragst du?*"

„*Nur so*", antwortete Hannelore mit einem feinen Lächeln.

„*Niemand fragt etwas nur so*", sagte Hubert, der gerade von einem nicht näher zu bezeichnenden Unbehagen beschlichen wurde.

Hannelore wusste, sie würde nicht umhinkommen, ihre Frage zu präzisieren; dazu kannte sie Hubert zu gut.

„*Ich habe dich das nur gefragt, weil du in letzter Zeit etwas bedrückt auf mich wirkst. Ich vermisse deine Fröhlichkeit. Du bist viel zu ernst.*"

„*Das bildest du dir nur ein*", sagte Hubert, „*und selbst wenn. Das hängt nur mit dem Stress in der Firma zusammen.*"

Hannelore begnügte sich mit der Antwort, wohl wissend, dass sie nicht wirklich der Wahrheit entsprach.

„*Dann bin ich beruhigt*", sagte sie, stand auf und gab Hubert einen Kuss auf die Wange.

„*Ich muss dann auch los*", sagte Hubert und stand ebenfalls auf. „*Ich wünsch dir und dem Baby einen schönen Tag. Und pass gut auf euch auf!*"

„*Ich wünsche dir auch einen schönen Tag*", entgegnete Hannelore, „*und lasse dich nicht zu sehr ärgern.*"

Sie wollte noch ein „*ich liebe dich!*" hinterherschicken, ließ es aber sein. In Hubert ging irgendetwas vor, von dem Hannelore nicht wusste, was es sein könnte. Und das beunruhigte sie sehr.

*****

Es herrschte reger Verkehr an diesem Morgen. Hubert musste immer wieder einmal stehen bleiben; es wollte einfach nichts weitergehen.

Das kurze Gespräch beim Frühstück mit Hannelore ging Hubert nicht aus dem Kopf. Sie hatte nicht unrecht mit dem, was sie gesagt hatte.

Hubert saß in einem goldenen Käfig. Er hatte einen tollen Beruf, der ihn erfüllte, er hatte eine liebe Frau, mit der er ein Kind erwartete, er wohnte in einem schönen Haus, welches ihm der Schwiegervater gebaut hatte und er fuhr einen schnittigen Firmenwagen.

Alles Dinge, um die ihn jeder Mann beneiden würde. Hubert verstand es ja selber nicht, was mit ihm los war. Irgendetwas fehlte ihm; aber was?

Plötzlich krachte es. Der vor ihm fahrende Verkehrsteilnehmer hatte abrupt gebremst und Hubert hatte zu spät reagiert. Er war mit voller Wucht auf den Wagen vor ihm aufgefahren. Was danach geschah, blieb nur schemenhaft in Huberts Gedächtnis haften.

Als er einige Zeit später im Krankenhaus aufwachte, war das erste, was er wahrnahm, das besorgte Gesicht von Hannelore.

Sie sah ihn mit einem gequälten Lächeln an und sagte dann:

„Ja was macht denn mein Hubsilein für verrückte Sachen?"

Hubert reagierte nicht auf die Frage seiner Gattin. Er sah sie nur an, und es war wohl das erste Mal, dass er hinter ihre Fassade zu blicken vermochte.

Da war nichts Sorgenvolles, Mitleidiges oder gar Mitfühlendes, was aus diesem Wesen sprach. Und die Frage nach seinem Wohlbefinden kam ihr erst gar nicht in den Sinn.

Er musste an seine Mutter denken, und er wünschte sich in diesem Moment nichts sehnlicher als ihre Hand, die ihm liebevoll über sein Gesicht streichelt.

„Was war ich doch für ein gottverdammter Narr", fuhr es ihm durch den Sinn, *„könnte ich die Zeit zurückdrehen, ich würde es tun…"*

„Wie schmeckt das Essen?"

Eine innere Stimme hieß Hubert laut *„hinaus!"* rufen; aber er tat es nicht. Dieses Monster, das vor ihm saß, bar jedes menschlichen Gefühls, hatte er geliebt; oder war es gar nicht wahr?

„War es am Ende nur ein körperliches Verlangen, von dem er vor langer Zeit glaubte, es könne Liebe sein?“

„Bin ich vielleicht gar nicht fähig zu lieben?“, fragte sich Hubert weiter, „und war das lediglich die Gemeinsamkeit, welche ihn mit Hannelore verband?“

Hannelore schaute in das regungslose Gesicht von Hubert und ihr leichtes Lächeln wich allmählich einer Gleichgültigkeit, was ihrem wahren Naturell wohl eher entsprach.

„Wenn du zu müde bist oder wenn du keine Lust hast, mit mir zu reden, dann ist es besser, ich komme ein anderes Mal wieder.“

Hannelore beugte sich zu Hubert, gab ihm einen Kuss auf die Stirn und rauschte aus dem Krankenzimmer hinaus.

Hubert wandte seinen Kopf ein wenig nach links und sah zum Fenster hin. Er konnte die Äste eines Baumes sehen, dessen Blätter vom Wind sanft hin und her gewiegt wurden.

Ein Gefühl tiefen Friedens nistete sich in seiner Seele ein. Und seine Gedanken flogen hin zu der einzigen Frau, die ihn je geliebt hatte, zu seiner Mutter.

Das Zimmer, in welchem Hubert untergebracht war, war natürlich erstklassig. Alles nur vom Feinsten: Flachbildschirm, Badezimmer mit Dusche und Wanne sowie eine Sitzecke mit eleganten, bequemen Polstermöbeln.

Auf dem Tisch stand eine Vase mit einem großen Blumenstrauß und einem Billet, auf welchem geschrieben war:

„Mit den besten Genesungswünschen von der Firmenleitung und der gesamten Belegschaft!"

*****

„Guten Morgen, mein Lieber! Wie fühlen wir uns denn heute?"

Die salbungsvolle Stimme, welche Hubert aus seinem Dämmerschlaf riss, gehörte einem älteren Herrn mit einem weißen Kittel.

Es war kein geringerer als der Klinikgott, Professor Dr. Adalbert Holzinger, Freund und Korpsbruder des Herrn Schwiegervaters.

„Heinrich hat mich beauftragt, mich persönlich um Sie zu kümmern.

Na, dann schauen wir einmal, was dem Patienten so fehlt.“

Mit diesen Worten, und umgeben von ehrfurchtsvollen Gesichtern des Herrn Oberarztes und mehrerer Azubis, ergriff der Herr Professor die Krankenakte am Fußende des Bettes.

„Das sieht ja gar nicht gut aus“, sagte der Herr Professor, *„da werden wir wohl längere Zeit das Vergnügen miteinander haben, mein lieber Freund.“*

In diesem jovialen Ton hatte sich der Professor mehr an seine Gefolgschaft gewandt, denn an den Patienten.

Und diese quittierte auch brav seine Ausführungen mit einem zustimmenden Nicken, getreu der Bildergeschichte von Wilhelm Busch „Bilder zur Jobsiade, sechstes Kapitel“:

„Der Inspector sprach zuerst hem! hem!
Drauf die andern secundum ordinem[1].“

Der Patient starrte den Professor kurz an und sagte dann in einem energischen Tonfall:

„Dürfte ich bitte erfahren, was in meiner Krankenakte steht, die Sie in der Hand halten?“

Hubert war gerade dabei, sich mit rasanter Geschwindigkeit von den Menschen zu entfernen, zu de-

---

[1] entsprechend der Reihenfolge

nen er noch vor Kurzem mit aller Macht gehören wollte.

Und der Auftritt dieses überheblichen Mannes am Fußende seines Bettes machte ihm diesen Sinneswandel geradezu leicht.

Dessen war sich Hubert jedoch in diesem Augenblick nicht wirklich bewusst. Das sollte erst später kommen.

Und dann erfuhr er, dass er – neben vielen kleineren Beschädigungen seines Körpers, wie Gehirnerschütterung, Prellungen, Schleudertrauma, auch einen Beckenbruch erlitten hatte.

„Das ist alles halb so schlimm mein Freund", sagte der Professor, *„es handelt sich um einen stabilen Beckenbruch. Zwei Wochen strenge Bettruhe und danach können Sie mit einem Gehwagen schon durch die Korridore flitzen."*

Die kumpelhafte Art des Professors rief in Hubert eine tiefe Verachtung für diesen Mann hervor. Er glaubte, sich daran zu erinnern, dass der „Herrgott in Weiß" einer der zahlreichen Hochzeitsgäste war. Und wahrscheinlich auch einer der Golfpartner seines Schwiegervaters.

„Aber was sag ich denn", fuhr der Professor fort, mit Blick in die Patientenakte, *„Sie werden uns ja schon bald wieder verlassen."*

„Wieso das denn?", fragte Hubert erstaunt.

„Weil mein Freund und ihr sehr verehrter Schwie-gervater ja bereits einen Rehaplatz im Privatsanatori-um <Waldesruh> gebucht hat. Sie werden in zwei Wo-chen dahin übersiedeln.“

Hubert schaute den Professor völlig überrascht an.

„Hat Heinrich Ihnen das noch gar nicht mitge-teilt?“, fragte nun der seinerseits ebenso überraschte Professor.

Er wartete die Antwort seines Patienten erst gar nicht ab, sondern verabschiedete sich abrupt mit den Worten:

„Und morgen beginnen wir mit der Physiotherapie. Wir wollen doch, dass Sie schon bald wieder herum-hüpfen können, nicht wahr?“

Hubert war sichtlich erleichtert, als der Professor das Zimmer wieder verlassen hatte. Die schleimige Art, seinen Schwiegervater mit dessen Vornamen zu erwäh-nen, widerte ihn an.

Er sah auf die Fotografie auf seinem Nachtkästchen, und er fragte sich, was ihn an dieser Frau einmal so fasziniert hatte.

Hannelore hatte ihm das Bild bei ihrem Besuch mit-gebracht und auf dem Nachtkästchen aufgestellt, bevor sie ging.

„So kann ich dir ganz nah sein", hatte sie gesagt. Hubert musste lächeln, und es war keinesfalls ein Lächeln, das von Freude geprägt war.

****

„Guten Morgen, ich bin Wolfgang Kramer, Ihr Physio. Aber nennen Sie mich einfach <Wolfi>!"

„Guten Morgen, Herr Kramer!", antwortete Hubert, der für irgendwelche Vertraulichkeiten gerade keinen Sinn hatte.

Nach dieser verbalen, kalten Dusche machte sich Wolfi direkt ans Werk. Es ging vornehmlich darum, die Beine des Patienten in Bewegung zu halten.

Als Wolfi seine Arbeit beendet hatte, kam in Hubert ein starker Drang auf, sich zu entschuldigen.

„Es tut mir sehr leid, Herr Kramer, dass ich vorhin so schroff zu Ihnen war. Das hatte nichts mit Ihnen zu tun. Ich würde Sie sehr gern <Wolfi> nennen, vorausgesetzt Ihr Angebot gilt noch."

„Selbstverständlich", antwortete der Physio Wolfi und unterstrich seine Erleichterung mit einem breiten Grinsen.

„*Ich wünsche Ihnen noch einen schönen Tag und morgen um die gleiche Zeit!*"

„*In Ordnung, Wolfi*", antwortete Hubert, „*und vielen Dank!*"

*****

„*Sagen Sie Schwester, war meine Mutter noch nicht da oder hat sie vielleicht angerufen?*"

Hubert schaute in ein völlig ratloses Gesicht. Schwester Dorothea fühlte sich ob dieser Frage offenbar ziemlich unbehaglich.

Hubert, dem das nicht entgangen war, setzte nach:

„*Haben Sie meine Frage nicht verstanden?*"

„*Doch, doch*", stammelte Schwester Dorothea, „*aber Ihre Frau…*"

„*Was ist mit meiner Frau?*", fragte Hubert, der plötzlich von einer schlimmen Vorahnung ergriffen wurde.

„*Raus damit, Schwester!*", sagte er barsch, und die Schwester bekam augenblicklich einen roten Kopf.

„*Entschuldigen Sie bitte, Schwester; es tut mir leid!*", sagte Hubert, dessen Nerven gerade blank lagen.

„Sagen Sie mir bitte einfach, was meine Frau gesagt oder getan hat."

„Ihre Frau hat angeordnet, dass außer ihr niemand Sie besuchen oder anrufen darf, damit Sie sich in Ruhe erholen können."

Hubert hörte das Blut in seinen Ohren rauschen und eine ohnmächtige Wut stieg in ihm auf.

„Was für eine Schlange", dachte er, *„was für eine böse und hinterhältige Schlange..."*

„Vielen Dank, Schwester, und nochmals Entschuldigung, dass ich Sie so angefahren habe. Und dieses unsinnige Besuchs- und Anrufverbot ist mit sofortiger Wirkung aufgehoben. Sagen Sie das auch auf der Station."

„Das mache ich", antwortete Schwester Dorothea, *„es tut mir sehr leid."*

„Nein, Schwester Dorothea, mir tut es leid", sagte Hubert, und als die Schwester das Zimmer verlassen hatte, murmelte Hubert vor sich hin:

„Mir tut das alles entsetzlich leid; bitte entschuldige, Mutter!"

Dann nahm er Hannelores Bild vom Nachtkästchen und legte es in die Bettpfanne, welche sich im unteren Teil des Nachtkästchens befand, mit den Worten:

„Da hätte ich dich schon viel früher hingeben sollen; aber ich war viel zu dumm und zu verblendet…"

*****

„Hallo, Hubert! Wie geht es dir?"

Diese paar Worte waren wie Balsam für Huberts Seele. Seine Mutter saß auf einem Stuhl, ganz nahe dem Bett von Hubert und hielt seine Hand.

Als die Schwester den Raum verlassen hatte, brauchte es noch eine geraume Weile, bis Hubert zum Telefon griff.

Er schämte sich, weil er nicht schon längst von sich aus die Mutter angerufen hatte. Es war wohl sein dummer Stolz, der ihm sein ganzes bisheriges Leben zur Seite gestanden war.

Mit tränenerstickter Stimme bat er seine Mutter, sie möge ihn bitte am nächsten Tag besuchen kommen.

Und nun saß sie da und hielt seine Hand, wie sie es so oft in Kindertagen getan hatte.

„Ich bin so froh, dass du gekommen bist", sagte Hubert, und wieder konnte er sich seiner Tränen nicht erwehren.

„Es wird alles wieder gut, mein Junge", sagte Elsa, *„weine nur, das macht die Seele leicht."*

Und dann folgte ein sehr langes Gespräch, zu welchem Hubert noch vor wenigen Wochen überhaupt nicht fähig gewesen wäre.

Er sah seine Mutter und sein bisheriges Leben in einem neuen, völlig anderen Licht, und er war sich völlig darüber im Klaren, dass einige Veränderungen anstehen würden.

*****

Hubert hatte sich vorgenommen, mit Hannelore Tacheles zu reden, was sich aber von selbst erledigt hatte. Hannelore kam ihn nicht mehr besuchen.

Erst viel später sollte Hubert erfahren, was der Grund dafür war. Eine der Stationsschwestern hatte Hannelore darüber informiert, dass Hubert Besuch von seiner Mutter erhalten hatte.

Hubert machte in den kommenden Wochen sehr gute Fortschritte. Sein Physio Wolfi hatte wesentlich dazu beigetragen. Die beiden hatten inzwischen ein fast schon freundschaftliches Verhältnis entwickelt.

Als der Tag des Abschieds gekommen war, schenkte Hubert seinem treuen Begleiter auf dem steinigen Weg der Regeneration die goldene Uhr, die ihm einst sein Schwiegervater geschenkt hatte.

„Das kann ich doch gar nicht annehmen!"

Mit diesen Worten wollte Wolfi Kramer Hubert die Uhr wieder zurückgeben, aber Hubert antwortete:

„Ohne dich wäre ich noch lange nicht da, wo ich jetzt bin, und ich bin dir sehr, sehr dankbar dafür. Du machst mir eine große Freude, wenn du mein Geschenk annimmst."

Wolfi nahm das Geschenk nur äußerst zögerlich an, denn dass es sich bei der Uhr um ein sehr teures Geschenk handelte, war ihm offenbar bewusst.

Was er jedoch nicht wissen konnte, waren die Gedanken, mit welchen Hubert sich von seiner Uhr trennte.

Er wollte mit der Familie seiner Noch-Ehefrau in keiner Weise mehr verbunden sein; noch nicht einmal in Form einer teuren Armbanduhr.

Hubert wollte sich ursprünglich, als er von der Reservierung im Sanatorium „Waldesruh" gehört hatte, diesem Aufenthalt verweigern. Aber er ließ es sein.

Er stellte den Gedanken an eine rasche Genesung über den Wunsch, reinen Tisch zu machen. Er würde es dann tun, wenn die Zeit dafür reif wäre. Jetzt hieß es erst einmal, schnell wieder gesund zu werden.

Hubert verabschiedete sich von einigen Schwestern, welche ihm den Aufenthalt so angenehm wie möglich gemacht hatten. Ein Umschlag mit einem angemessenen Geldbetrag für die Kaffeekasse unterstrich seine Dankbarkeit.

Hubert machte auch gute Miene zum bösen Spiel und ließ das siebensüße Geschwafel des Herrn Professors geduldig über sich ergehen.

„Grüßen Sie meinen Freund und Golfpartner Heinrich recht herzlich und guten Erfolg beim Kollegen Thalmann in seinem Sanatorium!"

„Mache ich, Herr Professor und vielen Dank für all Ihre Mühe!", entgegnete Hubert, der daran denken musste, dass er den ehrenwerten Herrn Professor nur zweimal zu Gesicht bekommen hatte: einmal bei der Begrüßung und ein zweites Mal beim Abschied.

*****

Das Privatsanatorium „Waldesruh" trug seinen Namen zurecht. Es lag inmitten eines Waldgebietes. Zugang hatten nur das Personal, die Patienten und deren Angehörige.

Es war eine weitläufige Anlage mit Swimmingpool, Tennisplätzen und einem 9-Loch Golfplatz. Der Fuhrpark nahe dem Sanatorium ließ erkennen, dass hier nur Patienten verweilten, deren Portfolio prall gefüllt war.

„Ich darf Sie herzlich bei uns begrüßen und hoffen, dass Sie sich bei uns wohlfühlen werden!"

Die Begrüßung durch Professor Thalmann ähnelte ein wenig der Begrüßung, welche Hubert durch Professor Holzinger vor einigen Wochen erfahren durfte.

Einen kleinen Unterschied gab es jedoch schon. Dieser Professor, dem Hubert gerade ins Gesicht schaute, war kein so schleimiger Typ wie Professor Holzinger.

Dieser Mann strahlte etwas Vertrauenswürdiges, Integres, ja sogar Liebenswertes aus. Alles Charaktereigenschaften, von denen ein Herr Professor Holzinger nur träumen konnte.

„Wie ich hörte, wurde beim Kollegen Holzinger schon sehr gute Vorarbeit geleistet. Man sagte mir, dass Sie schon recht gut mit Ihren Unterarmgehstützen unterwegs sind."

Hubert musste unwillkürlich lächeln.

„Warum lächeln Sie, mein Freund?", fragte der Professor und lächelte ebenfalls.

Hubert betrachtete kurz sein Vis-à-vis, bevor er antwortete.

Ein Mann, groß gewachsen, sportliche Figur, sehr gepflegt und in den besten Jahren.

70

„Bitte, verzeihen Sie, Herr Professor", begann Hubert mit seiner Antwort, *„aber ich frage mich, warum man für meine Krücken einen solchen Zungenbrecher verwendet. Ist das Wort <Krücken> so negativ belegt?"*

„Sie haben völlig recht, mein Lieber", antwortete der Professor, *„ich versteh das ebenso wenig wie Sie.*

Wenn es Ihnen lieb ist, nennen wir diese Dinger, von denen ich hoffe, dass sie bald ausgedient haben werden, so wie sie schon immer hießen: Krücken."

„Das ist ein Wort", antwortete Hubert, *„das gefällt mir."*

„Und mir gefällt es auch", sagte der Professor und streckte Hubert die Hand entgegen.

„Nochmals ganz herzlich willkommen!"

„Vielen Dank, Herr Professor!"

Als der Professor gegangen war, sinnierte Hubert noch eine ganze Weile über dieses Gespräch nach, das er gerade geführt hatte.

Er hatte den Eindruck, dass sowohl er, wie auch der Herr Professor von ganz anderen Voraussetzungen ausgegangen waren.

Hubert hatte einen charakterlichen Zwilling von Professor Holzinger erwartet, und Professor Thalmann hatte wohl mit einem Ableger des gesellschaftlichen Parvenüs Lohmann gerechnet.

Dass der Baulöwe Heinrich Lohmann nicht die Klasse der sonstigen Mitglieder der gehobenen Gesellschaft besaß, war nur unschwer zu erkennen.

Er war eben nur ein Prolet im Nadelstreif, der mit Geld nur so um sich warf, und damit die Gunst einiger – sich finanziell in Nöten befindlichen – Mitmenschen erkaufte.

Als Heinrich Lohmann zum ersten Mal Patient im Sanatorium war, machte er eine sehr großzügige Spende. Seither kam er einmal jährlich hierher – natürlich ohne Ehegespons - und ließ sich von zarten Frauenhänden verwöhnen.

Eine tägliche Massage, verbunden mit einem üppigen Trinkgeld, welches sich die Therapeutinnen – trotz Verbotes – nicht entgehen ließen, und die vage Hoffnung auf ein gelegentliches Schäferstündchen. Manchmal war es auch nur ein kleiner Klaps auf den Popo.

Das waren die Prämissen eines älteren, unappetitlichen Mannes, der dem ehelichen Alltag damit entfliehen wollte, und dessen Charme einer massiven Fehleinschätzung unterlag.

Die täglichen Behandlungen in Form von Physiotherapie, Massage, Bestrahlungen und Packungen zeigten ihre Wirkung.

Hubert konnte von Tag zu Tag Fortschritte erkennen und er genoss die Ruhe in der wunderbaren Umgebung des Sanatoriums.

Rund um den Gebäudekomplex waren befestigte Wege angelegt, auf denen man sich mit einem Fahrrad ebenso gut vorwärtsbewegen konnte, wie mit einem Rollstuhl.

Spaziergänge waren Hubert noch verwehrt. So gut er sich mit seinen Krücken innerhalb des Gebäudes bewegen konnte und auch sollte, für weitere Strecken war er noch zu schwach.

Zu diesem Zweck hatte man ihm einen Rollstuhl zugeteilt und dazu eine nette Schwester, die etwa im selben Alter war wie Hubert.

Schwester Angelika war ein scheues, ja schon beinahe als introvertiert zu bezeichnendes Wesen, deren Lächeln eher einem zaghaften Versuch, denn einer Absicht glich.

Ihr Drang, sich mitzuteilen, hielt sich arg in Grenzen. Mehr als ein „guten Tag", „wie geht es Ihnen" oder „bis morgen" war nicht zu erwarten.

Hubert wunderte sich sehr darüber und hatte sich schon überlegt, Schwester Angelika auf dieses Phänomen hinzuweisen, ließ es aber sein.

Philipp, einer der Physiotherapeuten des Sanatoriums, der für Hubert zuständig war, erwies sich als das krasse Gegenteil von Huberts Extherapeut Wolfi.

Seine joviale, fast schon anbiedernde Art widerstrebte Hubert über die Maßen, und Hubert machte es Philipp auch sehr schnell klar, dass er das nicht wollte.

Philipp, der solches Verhalten von seinen Patienten nicht gewöhnt war, litt unter dieser Zurückweisung. Die Bemerkung von Hubert, *„Philipp möge sich seine Art des Umgangs für die Damen aufheben“,* hatte ihn zutiefst getroffen.

Er musste diese bittere Pille dennoch schlucken, denn in diesem Haus war der Patient mehr König als irgendwo sonst. Und eine Beschwerde seitens eines der Patienten hätte schlimme Folgen nach sich gezogen.

So beließ es Philipp bei der Arbeit, welche er stumm verrichtete, nicht jedoch ohne die Form der Höflichkeit zu wahren.

Hubert hatte kurz darüber nachgedacht, ob seine Bemerkung Philipp gegenüber nicht etwas zu hart ausgefallen war.

Andererseits war er sehr froh darüber, seine Anwendungen schweigend genießen zu können und sich nicht einem hohlen Geschwafel ergeben zu müssen.

Täglich um dieselbe Zeit, nämlich kurz nach dem Aufstehen, führte Hubert ein kurzes Gespräch mit seiner Mutter.

Dasselbe Prozedere wiederholte sich spät abends vor dem Schlafen. Die beiden hatten es so vereinbart und beide genossen es sehr.

Es war schon etwas seltsam. Es hatten so viele Jahre vergehen müssen, bis Mutter und Sohn zueinanderfinden konnten. Und es musste erst ein Unglück geschehen, bevor es überhaupt möglich wurde.

Aus dem Hause Lohmann kam kein einziger Anruf. Hubert war nicht wirklich überrascht. Es lag irgendwie in der Luft, dass seine Beziehung zu Ehefrau und Schwiegereltern und die sich abzeichnende Trennung von beidem schon in den Wehen lag.

*****

„Hallo, Schwester Angelika! Schön dass Sie mit mir wieder eine Ausfahrt machen wollen."

Mit diesen Worten begrüßte Hubert seine tägliche Chauffeuse.

„Guten Morgen, Herr Meisner!", antwortete Schwester Angelika brav, wie sie das immer tat, und fragte dann:

„Wohin möchten Sie heute fahren?"

„Zu dem kleinen Fischteich, wenn es Ihnen nicht zu anstrengend oder zu weit ist", sagte Hubert.

„*Weder das eine noch das andere*", antwortete Schwester Angelika, und Hubert schien es fast so, als hätte er ein kleines Lächeln bei ihr bemerkt.

Der Fischteich lag gute zwei bis drei Kilometer vom Sanatorium entfernt. Hierher verirrten sich nur wenige Patienten.

Die meisten zogen es vor, Tennis zu spielen oder eine Runde über den Golfplatz zu gehen. Den Pool benützten eher die älteren Damen in ihren farbenfrohen Badegewändern.

„*Spielen Sie Tennis oder Golf, Herr Meisner?*", fragte Schwester Angelika, als sie die Tennisplätze hinter sich gelassen hatten.

„*Gelegentlich Golf aus geschäftlichen Gründen*", antwortete Hubert.

„*Nicht, weil es Ihnen Spaß macht?*", fragte Schwester Angelika.

„*Um Himmels willen, nein*", antwortete Hubert lachend, „*Golf ist etwas für alte Männer. Obwohl, so schlecht war ich eigentlich gar nicht…*"

„*Ja, warum spielen Sie dann, wenn Sie es nicht wirklich mögen?*"

„*Das ist ganz einfach, liebe Angelika*", antwortete Hubert, „*wenn man etwas von seinem Golfpartner haben möchte, dann lässt man ihn gewinnen, um ihn geneigt zu stimmen.*"

„*Das ist doch aber nicht in Ordnung, Herr Meisner*", sagte Schwester Angelika, und in ihrer Stimme schwang ein leiser Vorwurf mit.

„*Da haben Sie völlig recht, liebe Angelika*", antwortete Hubert, und ihm fiel auf, dass er sie schon zum zweiten Mal ohne das ihr zustehende Attribut „Schwester" angesprochen hatte.

Sie waren zwischenzeitlich am Fischteich angekommen, und Hubert stellte zu seiner großen Freude fest, dass sie allein waren.

Schwester Angelika hatte sich neben Hubert, der noch in seinem Rollstuhl saß, auf den Boden gesetzt.

Sie hatte die Decke ausgebreitet und den Picknickkorb daraufgestellt, den Hubert schon am Morgen in der Küche geordert hatte.

Hubert schaute Angelika von der Seite an. Sie hatte ihren Blick auf den Teich gerichtet und hielt einen Grashalm in ihrer Hand, mit welchem sie vor ihrem Gesicht hin und her wedelte.

„*Darf ich Sie etwas fragen, Angelika?*", unterbrach Hubert die Stille.

„*Natürlich, Herr Meisner*", antwortete Angelika, „*fragen Sie nur!*"

Hubert zögerte einen Augenblick und sagte dann:

„*Können wir uns nicht beim Vornamen nennen?*"

„Nein, das geht auf gar keinen Fall!", antwortete Angelika, und ihre Antwort war so heftig, dass Hubert keinen weiteren Vorstoß mehr wagte.

„Bitte, entschuldigen Sie, Schwester Angelika, ich wollte Ihnen nicht zu nahetreten. Und bitte, sind Sie mir nicht böse!"

„Ich bin Ihnen nicht böse, Herr Meisner", antwortete Schwester Angelika, „es ist nur so, dass es uns strengsten untersagt ist, in einen näheren Kontakt zu den Patienten zu treten."

„Und ich habe schon geglaubt, Sie finden mich zu hässlich oder zu abstoßend", scherzte Hubert.

„Das ist ganz sicher nicht der Fall", lachte Schwester Angelika, „und das wissen Sie auch."

Nach einem kurzen Schweigen setzte sie nach:

„Wollten Sie mich nicht etwas fragen?"

„Ja, schon", antwortete Hubert, „aber ich bin mir nicht mehr sicher, ob das noch opportun ist."

„Fragen Sie einfach und überlassen Sie mir die Entscheidung, ob ich darauf antworten möchte."

„Das ist eine gute Entscheidung, liebe Angelika", gab Hubert lächelnd zurück.

Hatte er noch kurz vorher fürsorglich das Attribut „Schwester" gebraucht, so ließ er es jetzt wieder weg.

„Haben Sie Familie? Kinder?"

Angelika sah Hubert lange an, bevor sie antwortete.

„Nein", sagte sie und ihre Stimme war völlig glanzlos, *„ich lebe allein und ich habe auch keine Kinder."*

Hubert bedauerte augenblicklich, dass er diese Frage gestellt hatte. Ihm war bewusst geworden, dass er bei einem Menschen, der ihm ans Herz gewachsen war, scheinbar eine tiefe Wunde aufgerissen haben musste.

Wie sonst hätte er die Reaktion von Angelika deuten sollen. Zu diesem Gefühl, etwas Dummes, nein Falsches gemacht zu haben, stieg ein schreckliches Bild der Erinnerung in ihm auf.

*****

Hannelore hatte ihn – kurz nach dem ersten Besuch von seiner Mutter – ein zweites und letztes Mal besucht.

Sie schäumte vor Wut, als sie von dem Besuch ihrer Schwiegermutter erfahren hatte.

„Ich hatte doch ganz klar angeordnet, dass dich niemand außer mir besuchen darf", stieß sie hysterisch hervor, *„wieso erlaubt sich deine Mutter, sich einfach darüber hinweg zu setzen!"*

„Weil ich sie um ihren Besuch gebeten habe", antwortete Hubert, *„und du als werdende Mutter solltest eigentlich Verständnis dafür haben."*

„Ich werde keine Mutter sein, denn ich werde einen Schwangerschaftsabbruch vornehmen lassen!"

Dieser Satz, von Böswilligkeit getränkt, kam aus Hannelores Mund heraus wie das Gift aus einer Kobra.

„Da habe ich als Vater wohl auch noch ein Wörtchen mitzureden", sagte Hubert in großer Aufregung, während er ins Gesicht von Hannelore starrte.

Da war nichts Liebevolles mehr zu entdecken; da war nur noch eine Fratze. Das wahre Gesicht einer Frau, weit abgewandt von aller Liebe, so sie je über ein solches Gefühl verfügt hatte.

„Du hast da überhaupt nichts zu bestimmen", schrie Hannelore, *„denn du bist ja gar nicht der Vater."*

Hubert war zutiefst erschrocken. Hannelore war es nicht minder; denn das Geständnis, welches ihr gerade versehentlich aus dem Mund gefallen war, war so nicht geplant.

Wutentbrannt stürmte sie aus dem Zimmer und ließ einen Mann zurück, dem gerade der klägliche Rest von Achtung für diese Frau abhandengekommen war.

„Ich vermute, Sie haben Familie, Herr Meisner", drängte sich Schwester Angelika in Huberts Gedanken, *„habe ich recht? Haben Sie auch Kinder?"*

„Nein", antwortete Hubert mit tonloser Stimme, „ich glaubte, beides zu haben, und am Ende war alles doch nur Schein…"

„Das tut mir leid", sagte Schwester Angelika, „und bitte verzeihen Sie, wenn ich eine alte Wunde wieder aufgerissen habe."

„Es muss Ihnen nicht leidtun", entgegnete Hubert, „noch schmerzt es ein wenig; aber es wird von Tag zu Tag besser. Und jetzt habe ich Hunger."

„Dann werde ich einmal auspacken und nachschauen, was uns die Küche Feines hergerichtet hat."

Hubert erhob sich, um auf der Decke Platz zu nehmen. Er kam ins Straucheln und drohte umzufallen. Schwester Angelika konnte ihn gerade noch auffangen.

Ihrer beider Wangen berührten sich sanft und Hubert fühlte Angelikas weichen Körper auf dem seinen, und das leichte Zittern, welches von ihr ausging.

Hubert verspürte einen heftigen Drang, seine Gefühle zu offenbaren. Doch noch bevor er dies tun konnte, hatte Angelika ihn sacht, aber bestimmt von sich gestoßen.

„Das wäre beinahe schiefgegangen", sagte sie und half Hubert sich auf der Decke niederzulassen.

„Es tut mir leid, dass ich Ihnen zu nahegekommen bin", sagte Hubert und beide wussten in diesem Augenblick ganz genau, dass dies eine Lüge war.

„*Es ist ja nichts passiert*", sagte Angelika und entnahm dem Picknickkorb eine Flasche Champagner.

„*Alkohol mitten am Tag*", sagte sie erstaunt, „*das geht gar nicht.*"

„*Aber warum denn nicht?*", fragte Hubert.

„*Weil ich Schwierigkeiten bekommen würde*", antwortete Angelika, „*Alkohol während der Arbeit, das ist strengstens verboten.*"

„*Erstens wird das niemand erfahren*", sagte Hubert, „*und zweitens sind Sie doch gehalten mit allen Ihnen zu Gebote stehenden Kräften dafür zu sorgen, dass es den Patienten gut geht.*"

„*Sie sind wirklich schlimm, Herr Meisner*", sagte Angelika, „*also gut; aber nur einen ganz kleinen Schluck.*"

Die Sonne breitete ihre letzten Strahlen über den Teich. Ein paar Enten flogen schnatternd vorüber, um ihr Nachtquartier aufzusuchen.

Eine friedvolle Stille ergänzte das Bild, als wäre es ein Gemälde von Caspar David Friedrich.

„*Es ist schon spät, wir sollten aufbrechen.*"

„*Schade*", sagte Hubert und fügte hinzu:

*„Wird' ich zum Augenblicke sagen: Verweile doch,
du bist so schön! Dann magst du mich in Fesseln schlagen; dann will ich gern zugrunde gehn!"*

„Was ist das?", fragte Angelika, *„das ist wunderschön, das gefällt mir."*

„Das ist aus Goethes <Faust>", antwortete Hubert,
und er musste daran denken, wie gern es seine Mutter
gesehen hätte, wenn er das Gymnasium nicht „geschmissen" hätte. Aber sein Sturkopf ließ es damals
einfach nicht zu.

Seine Lehrer in der Volksschule hatten der Mutter
immer wieder bekundet, *„dass der Knabe Hubert wohl
intelligent sei; aber keinen Gebrauch davon mache."*

Und es war sowohl für die Lehrerschaft, als auch für
die Mutter nicht nachvollziehbar, was in dem Hirn des
Schülers vor sich ging.

Viele Jahre später, als Hubert schon erfolgreich in
der „Brillo – Maschinenfabrik" tätig war, besuchte er
die Abendschule und machte sogar das Abitur nach. Er
machte das heimlich und niemand sonst wusste davon.

*****

Der Speisesaal war in kleine Sitzeinheiten aufgeteilt.
Es war so arrangiert, dass an den Tischen jeweils 4 bis
6 Personen Platz fanden.

Die Unterhaltungen während der einzunehmenden Mahlzeiten bewegten sich eher in sehr seichten Gewässern.

War es bei den Damen eher Schmuck und Mode, welche die Basis dafür bildeten, handelte es sich bei den Herren der Schöpfung mehr um Business oder um die von ihnen selbst überbewerteten Leistungen auf dem Tennisplatz oder beim Golfen.

Hubert hielt sich bewusst zurück bei den Diskussionen, zumal er weder über sein nicht vorhandenes Business schwadronieren konnte, noch über sportliche Erfolge, zu welchen er körperlich nicht fähig war.

An seinem Tisch saß ein Ehepaar aus der Schweiz, welches einem Uhren- und Schmuckladen beruflich verbunden war, der Direktor einer Privatbank aus dem Raum Bodensee und eine Dame, französischer Provenienz.

Letztere war der Typus „Femme fatale", der die Herren anzog wie das Licht die Motten, und die Damen zu schlimmen Feindinnen mutieren ließ.

Madame Chantal Forestier, so ihr Name, legte ein äußerst lasziteres Verhalten an den Tag, und sie machte auch keinen Hehl daraus, welches ihr Opfer sein sollte.

Gelegentliche Berührungen von Huberts Beinen unter dem Tisch– natürlich völlig aus Versehen – ein schmachtender Blick und andere Fallstricke sollten Hubert ins Wanken bringen.

Das führte dazu, dass Hubert seine Mahlzeiten immer öfter auf dem Zimmer zu sich nahm. Es gab natürlich dennoch andere Wege, seine Nähe zu suchen und zu finden.

„Warum fliehen Sie vor mir, mon chèr?", fragte Mme. Forestier, die sich gerade auf der Liege neben Hubert platzierte, *„Haben Sie Angst vor mir?"*

Hubert war ein paar Runden im Pool geschwommen. Das gehörte mit zu seiner Therapie, um die Muskulatur zu stärken.

„Sie irren sich, Mme. Forestier", antwortete Hubert, *„ich bin nur nicht auf Gesellschaft aus. Ich bin einfach nur gern allein."*

„Niemand sollte allein sein, mon chèr", antwortete Mme. Forestier, *„und bitte nennen Sie mich <Chantal>!"*

Mme. Forestier steckte sich eine Zigarette in den Mund, reichte Hubert ihr goldenes Feuerzeug mit der Bemerkung:

„Würden Sie mir bitte Feuer geben?"

Hubert kam ihrer Bitte nur widerwillig nach. Er verstand nicht, warum diese Frau ihn verfolgte. Ihm war wohl bewusst, dass ihm die Frauen zeitlebens nachliefen, weil er ein Womanizer war; aber trotzdem…

Vielleicht erweckte Hubert in Mme. Forestier eine Art Mutterinstinkt, weil er noch immer leicht gehandicapt war.

Als er ihr jedoch in die Augen sah, während er ihr Feuer gab, wurde Hubert sofort klar: Diese Frau und echte Gefühle – das passte keinesfalls zusammen.

„Spielen wir später ein paar Löcher?", fragte Mme. Forestier und zog danach genussvoll an ihrer Zigarette.

Das Spiel ihrer Lippen dabei, ihr sündiger Blick und die Art, wie sie die Frage stellte, hätten bei jedem anderen Mann ganz eigene Gefühle erweckt. Bei Hubert hingegen schrillten sämtliche Alarmglocken.

Er ließ sich dennoch auf ihr Spiel ein und antwortete:

„Wenn sie mich tragen, verehrte Mme. Forestier, warum nicht?"

„Chantal, mon ami; Chantal!", sagte sie mit einem charmanten Lächeln, *„oder mögen Sie mich nicht? Un petit peut-être?"*[2]

Während Chantal das sagte, hatte sie sich ganz nah zu Hubert gebeugt und ihre Hand auf seinen Unterarm gelegt.

---

[2] Ein bisschen vielleicht?

Diese Aktion wurde von einem verführerischeren Duft begleitet, ausgehend von einem sündhaft teuren Parfum.

Jetzt musste auch Hubert lachen. Diese Frau wusste, wie man Widerstände bricht. Zu ihrer zweifelsohne außergewöhnlichen Schönheit gesellten sich Charme und Witz.

Wer wollte dieser Frau widerstehen? Hubert war schon knapp davor sich zu verbrennen, wäre nicht im selben Augenblick Schwester Angelika gekommen, um ihn zu ihrer täglichen Runde abzuholen.

Als Angelika jedoch sah, dass sich Hubert in der Gesellschaft der attraktiven Dame sichtlich wohlfühlte, sagte sie:

„Wir können unseren Ausflug heute auch ausfallen lassen, wenn Ihnen das lieber ist, Herr Meisner."

„Auf gar keinen Fall, Schwester Angelika", antwortete Hubert dermaßen heftig, dass ihn beide Frauen voller Erstaunen ansahen.

„Ich meinte ja nur", sagte Angelika, sichtlich verwirrt ob der Heftigkeit des Gesagten.

Hubert hatte inzwischen bemerkt, dass er wohl etwas überreagiert hatte, und er versuchte, die Situation zu entschärfen, indem er sagte:

„Ich muss doch die Enten füttern gehen, damit sie nicht verhungern."

Nachdem Hubert der Einzige war, der diese Bemerkung lustig fand, beließ er es dabei, stand auf und bewegte sich in Richtung Zimmer, um sich umzuziehen.

*****

„*Ich bin sehr froh, dass Sie mich gerettet haben*", sagte Hubert, als er wenig später mit Angelika am Teich angekommen war.

„*Wie meinen Sie das?*", fragte Angelika.

„*Tun Sie nicht so, als wüssten Sie nicht, was ich meine*", antwortete Hubert, „*ich meine die Befreiung aus den Klauen dieser Frau.*"

„*Ach so*", sagte Angelika, „*das sah aber gar nicht so aus, als wollten Sie gerettet werden.*"

Hubert wartete ein wenig und sagte dann:

„*Könnte es sein, Angelika, dass Sie eifersüchtig sind?*"

„*Nein*", stieß Angelika heftig hervor, „*auf gar keinen Fall!*"

„*Auch nicht ein klein wenig vielleicht?*", setzte Hubert nach.

Angelika antwortete nicht; aber ihre erröteten Wangen waren für Hubert Antwort genug. Er nahm ihr Gesicht in seine Hände und küsste sie.

Das sanfte Abwehrverhalten von Angelika löste sich sehr schnell auf. Sie ergab sich der Zärtlichkeit des Mannes, zu welchem sie sich von Anfang an hingezogen fühlte.

„Jetzt weißt du, wen ich liebe", sagte Hubert, der noch immer Angelikas Gesicht zwischen seinen Händen hielt.

Als er losließ, war er über den Ausdruck in Angelikas Gesicht überrascht. Da wo man Freude, vielleicht sogar Glück hätte erwarten können, war nur eine feine Tristesse zu erkennen.

„Was ist mit dir?", fragte Hubert besorgt, *„habe ich etwas falsch gemacht?"*

„Nein", antwortete Angelika, *„es ist alles gut."*

„Warum weinst du dann?", fragte Hubert, der gerade nicht so recht wusste, wie er sich verhalten sollte.

„Du weißt es nicht?", sagte Angelika. *„Du weißt es scheinbar wirklich nicht…"*

„Was weiß ich nicht?", drängte Hubert ungeduldig, *„Sag mir doch bitte, um was es hier geht!"*

Es dauerte eine ganze Weile, bis Angelika antworten konnte. Dann sagte sie mit tränenerstickter Stimme:

„*Ich saß in dem Auto, in das du hineingefahren bist.*"

„*Was?*", rief Hubert mit weit aufgerissenen Augen, „*das kann doch gar nicht sein.*"

Angelika nickte immer wieder mit dem Kopf und sagte dann:

„*Du weißt es wirklich nicht, oder?*"

„*Nein*", stieß Hubert hervor, „*wie auch? Wie hätte ich es denn erfahren sollen?*"

„*Vielleicht, indem du dich danach erkundigt hättest?*", sagte Angelika und in ihrer Stimme klang ein leichter Vorwurf mit.

„*Das habe ich doch getan*", versuchte Hubert sich zu rechtfertigen, „*aber man hat mir gesagt, dass der andere Verkehrsteilnehmer nur leichte Blessuren davongetragen hätte.*"

Angelika sah Hubert fragend an, während ihr die Tränen weiter über die Wangen rollten.

„*Diese verfluchte Familie*", sagte Hubert, der völlig verunsichert Angelikas Blick erwiderte.

„*Ich glaube, wir fahren jetzt besser zurück*", sagte Angelika und wischte mit der Hand über ihr Gesicht.

„*Können wir nicht noch weiter darüber reden?*", fragte Hubert zaghaft.

„Warum?", fragte Angelika, *„es ist schon alles gesagt."*

Der Rückweg zum Sanatorium verlief schweigend. Und für Hubert brach gerade eine Welt zusammen.

*****

Elsa staunte nicht schlecht, als sie ihren Sohn besuchen kam und von ihm ohne Krücken empfangen wurde.

„Das ist ja wunderbar, mein Junge", sagte Elsa und wieder hatte sie Tränen in den Augen. Die Zeit, in welcher sie keinen Kontakt zu ihrem Sohn haben konnte, hatte sie müde gemacht.

Von der einst so stürmischen und unerschütterlichen Frau war nicht mehr sehr viel zu erkennen.

„Da staunst du, Mutter", sagte Hubert und umarmte Elsa mit großer Herzlichkeit. Genau in diesem Moment kam Angelika vorbei.

„Darf ich dir Schwester Angelika vorstellen?", sagte Hubert, und zwang damit Angelika kurz zu verweilen. *„Sie ist mein rettender Engel."*

Angelika wurde verlegen, was sich nicht zuletzt auch in ihrem Gesicht widerspiegelte.

„Schwester Angelika, das ist meine liebe Mutter."

Elsa streckte Angelika die Hand entgegen und sagte:

„Ich danke Ihnen, dass Sie sich so lieb um meinen Buben kümmern."

Angelika musste lächeln. Es berührte sie, dass die Frau, die vor ihr stand, ihren ausgewachsenen Sohn als „Buben" bezeichnete.

„Der Herr Meisner übertreibt maßlos", sagte sie zu Elsa, welche die Hand von Angelika noch immer festhielt. *„Das hat er vor allem sich selbst zu verdanken; Ihr Sohn ist ein vorbildlicher Patient."*

„Das ist sehr lieb, dass Sie das sagen", ließ Elsa nicht locker, ebenso wenig wie die Hand von Angelika.

Diese entzog jetzt sanft ihre Hand mit den Worten:

„Ich muss jetzt leider weiter; aber vielleicht sehen wir uns ja später noch."

„Das hoffe ich sehr", sagte Elsa, *„ich würde mich freuen."*

Als Angelika gegangen war, schaute ihr Elsa noch eine Weile nach und sagte dann zu Hubert:

„Das ist ja eine ganz entzückende Person."

„*Der Meinung bin ich auch*", entgegnete Hubert, „*aber jetzt lass uns in mein Zimmer gehen. Wir müssen einiges besprechen.*"

„*Kannst du dich an den Herrn Direktor Blohmeier von <Blohmeier und Co> erinnern?*", fragte Hubert.

„*Wie könnte ich das*", antwortete Elsa, „*ich weiß ja noch nicht einmal, wer das ist?*"

Hubert fiel ein, dass seine Mutter bei seiner Hochzeit ja nicht eingeladen war, und er sagte verschämt:

„*Entschuldige Mutter!*"

„*Ist schon gut, Hubert*", antwortete Elsa und fragte dann:

„*Wer ist denn dieser Herr Direktor Blohmeier?*"

„*Das ist ein ganz feiner Herr, Mutter*", antwortete Hubert, „*der würde dir gefallen.*"

„*Meinst du*", sagte Elsa und lächelte. Sie genoss diese Unterhaltung sehr, und sie wünschte sich, sie wären schon früher zwischen Mutter und Sohn möglich gewesen.

Hubert hatte den nachdenklichen Ausdruck im Gesicht seiner Mutter bemerkt und fragte besorgt:

„*Ist alles in Ordnung? Geht es dir gut?*"

„Es ist alles in Ordnung, mein Junge", antwortete Elsa, *„ich habe mich lange nicht mehr so wohl ge-fühlt."*

„Das freut mich, Mutter", sagte Hubert, und auch er fühlte sich gerade aufgehoben und herzerwärmt.

„Dieser Herr Blohmeier besitzt in Köln eine riesengroße Maschinenfabrik und er möchte mich als leitenden Mitarbeiter haben."

„Das ist ja wunderbar", sagte Elsa, *„aber wieso will er gerade dich haben?"*

Hubert musste daran denken, dass er sein ausgeprägtes Fachwissen schon an viele Maschinenfabriken in ganz Deutschland weitergegeben hatte.

Er hatte sich einen Namen gemacht, der einen sehr guten Klang hatte, und es waren ihm schon diverse lukrative Angebote gemacht worden.

„Wir hatten schon bei meiner Hochzeit ein längeres Gespräch, in dessen Verlauf mir Direktor Blohmeier in Aussicht gestellt hat, dass ich jederzeit in seiner Firma willkommen sei", antwortete Hubert und schaute dabei in das völlig erstaunte Gesicht seiner Mutter.

„Heißt das, du gehst nach Köln?", fragte Elsa.

„Ja, Mutter", antwortete Hubert, *„sobald ich wieder völlig hergestellt bin."*

„Und was sagt Hannelore dazu?", fragte Elsa.

Hubert zögerte einen Moment; dann antwortete er:

„Ich werde mich von Hannelore trennen."

„Heißt das, du lässt dich scheiden?", fragte Elsa entsetzt.

„Ja, Mutter, das heißt, es", antwortete Hubert.

„Das kannst du doch nicht machen, Junge; denk an das Kind, das ihr bald gemeinsam haben werdet."

Jetzt tat sich Hubert richtig schwer. Er wusste nicht, wie seine Mutter auf die ganze Wahrheit reagieren würde. Er entschloss sich, ihr dennoch alles zu sagen.

„Ich bin nicht der Vater des Kindes."

„Mein Gott; das ist ja furchtbar", sagte Elsa, und genauso wie sie es sagte, schien sie sich auch zu fühlen.

Wenn Hubert jetzt damit gerechnet hatte, dass seine Mutter den Klassiker auspacken würde, so nach dem Motto: *„Ich habe es von Anfang an gewusst!"*, so sah er sich jetzt gründlich getäuscht.

Es zeugte von dem feinen Charakter einer Frau, die keine große Schulbildung besaß; dafür aber ein riesengroßes Herz.

Elsa nahm die Hand ihres Sohnes in ihre Hände und sagte:

„Sei nicht traurig, mein lieber Junge. Das Leben geht oft verschlungene Wege. Und glaube mir, ich weiß, wovon ich rede."

„Danke, Mutti", sagte Hubert und ein Gefühl von Liebe und Geborgenheit umfing seine wunde Seele.

Über Elsas Gesicht rannen Tränen. „Mutti" hatte Hubert gesagt, als er noch sehr klein war. Das wandelte sich aber schon bald in „Mutter" um, und irgendwann fiel die Anrede ganz weg.

„Darf ich dich etwas fragen?", sagte Elsa nach einer längeren Pause, in welcher Mutter und Sohn gleichermaßen im Einklang verharrten.

„Du kannst mich alles fragen", antworte Hubert.

„Es ist eine sehr intime Frage", sagte Elsa, „und vielleicht sogar ein wenig unangenehm für dich."

„Frage nur", entgegnete Hubert.

„Ich habe doch vorhin die nette Schwester gesehen", begann Elsa etwas zögerlich.

„Du meinst Schwester Angelika?", sagte Hubert.

„Ja, die meine ich. Kann es sein, dass du in sie verliebt bist?"

Und noch bevor Hubert auf die Frage reagieren konnte, sagte Elsa weiter:

„Und sie vielleicht auch in dich?"

Hubert war erstaunt, dass seiner Mutter das aufgefallen war.

„Ich glaube, nein ich weiß, dass ich in Angelika verliebt bin", antwortete er, *„aber ob sie in mich verliebt ist? Da bin ich mir nicht so sicher."*

„Dann solltest du sie fragen", sagte Elsa.

„Das ist nicht so einfach", antwortete Hubert, und er musste daran denken, dass seit dem letzten Gespräch am Teich kein persönliches Gespräch mit Angelika mehr stattgefunden hatte.

„Die Liebe war noch nie einfach, mein Junge", antworte Elsa mit einem feinen Lächeln.

*****

Zwei Tage, nachdem ihn seine Mutter besucht hatte, bekam Hubert erneut Besuch. So erfreulich der Besuch seiner Mutter gewesen war, so unerfreulich war dieser.

Heinrich Lohmann, der empörte Vater von Hannelore, fuhr gegen seinen Schwiegersohn Hubert mit schweren Geschützen auf:

„*Schämst du dich denn gar nicht?*", begann er seine Liste der Vorwürfe. „*Meine arme Hannelore trägt dein Kind in ihrem Bauch und du vergnügst dich hier mit einer anderen.*"

Und noch bevor Hubert reagieren konnte, fuhr der wilde Heinrich fort:

„*Ist das die Art, deine Dankbarkeit dafür zu zeigen, dass ich das hier alles finanziere, nur damit du die beste Behandlung bekommst?*"

Hubert hatte beschlossen, erst gar nicht darauf zu antworten. Sollte sich der werte Herr Schwiegerpapa erst einmal tüchtig austoben, bevor Hubert die Dinge geraderückte.

„*Nicht nur, dass du ein Verhältnis mit Mme. Forestier hast, konntest du auch nicht die Finger vom Personal lassen.*"

Jetzt war das Maß übervoll und es war an Hubert, ab sofort zurückzuschießen.

„*Spinnst du jetzt total?*", fauchte Hubert, „*was ist das für ein hirnrissiger Blödsinn. Ich habe weder ein Verhältnis mit irgendjemandem, noch begrapsche ich das Personal.*"

„*Und was ist das?*", fragte Heinrich Lohmann und warf Hubert einen Stoß Bilder hin.

Hubert hob die Bilder auf, die über den Tisch auf den Boden gefallen waren. Schon beim ersten Bild offenbarte sich der Grund für den Besuch seines Schwiegervaters. Es zeigte ihn und Mme. Forestier in Badekleidung am Pool. Es war die Situation, in welcher Chantal ihn um Feuer gebeten hatte.

Das Bild war so geschickt aufgenommen worden, dass es eine verfängliche Situation darstellte, die es so jedoch nicht gab.

Auch die anderen Bilder waren auf gleiche Weise angelegt. Hubert hatte sich, als die Bilder gemacht wurden, einige Male gefragt, warum die schöne Chantal immer wieder seine Nähe suchte, obwohl er sie zu keiner Zeit dazu ermuntert hatte.

Auf einmal bekam alles einen Sinn. Diese französische Dame, war gar keine Dame. Und ob sie wirklich Französin war, das musste sich erst noch herausstellen.

Hubert musste daran denken, dass ihm die Art, wie Chantal gesprochen hatte, anfänglich etwas seltsam vorkam. Er wischte aber seine Bedenken weg, indem er sich einredete, dass sie vielleicht aus dem Elsass stammte.

Heinrich sah seinen Schwiegersohn mit hochrotem Gesicht an und wartete gespannt auf Antworten.

„*Weißt du was?*", sagte Hubert, „*das ist eine solch erbärmliche Farce, dass ich mich erst gar nicht darauf einlassen werde.*"

„*Hast du nichts zu deiner Verteidigung zu sagen?*", fragte Heinrich Lohmann enttäuscht.

„Nein, lieber Schwiegervater", antwortete Hubert, „es macht doch überhaupt keinen Sinn, ein Verteidigungsplädoyer zu halten, wenn der Richter sein Urteil schon vorher gefällt hat."

„Du bist ein erbärmlicher Feigling", sagte Heinrich Lohmann, stand auf und ging hinaus.

Hubert schaute ihm lächelnd nach, obwohl ihm eigentlich nicht wirklich danach zumute war, und sagte:

„Und du bist ein armer, alter Narr!"

****

Hubert klopfte an die Tür des Herrn Verwaltungsdirektors Oettinger an. Es war ein Tag nach dem ominösen Besuch von Huberts Schwiegervater.

Ein kräftiges „Herein" hieß Hubert eintreten. So kalt und unpersönlich wie das Interieur des Zimmers war auch der Gesichtsausdruck dieses Mannes.

Es war das erste Zusammentreffen mit diesem Herrn und es sollte auch das Letzte werden.

„Bitte, nehmen Sie Platz, Herr Meisner!"

„Wenigstens höflich ist er", dachte Hubert und setzte sich nieder.

„Ich hatte einen Anruf von Herrn Lohmann", begann der Herr Direktor mit seiner Hiobsbotschaft.

„Noch ein Spezi und Golfpartner meines verehrten Herrn Schwiegervaters", drängte es sich in Huberts Gedanken; denn er ahnte bereits, was auf ihn zukommen würde.

„Herr Lohmann hat mir unmissverständlich mitgeteilt, dass die Kostenübernahme mit Auslauf dieser Woche enden wird. Ab dann sind Sie in der Pflicht."

„Unmissverständlich, in der Pflicht", dachte sich Hubert, *„was für eine antiquierte Sprache."*

„Ich danke Ihnen, Herr Direktor", sagte Hubert, *„ich werde noch vor dem Wochenende meine Sachen packen. Und liebe Grüße an Ihren Freund Lohmann!"*

Bei diesen Worten verfärbte sich das Gesicht des Herrn Direktor, und böse Mächte suchten ihn heim, auf das Gesagte unziemlich zu antworten.

Er verzichtete jedoch darauf und sagte stattdessen:

„Bevor Sie uns verlassen werden, stehen Ihnen noch eine Abschlussuntersuchung und eine Besprechung mit Herrn Professor Thalmann zu, die Sie wahrnehmen sollten."

„Das werde ich sicher tun; vielen Dank, Herr Direktor und haben Sie noch einen schönen Tag!"

Mit diesen Worten verließ Hubert den Raum. Er fühlte sich irgendwie erleichtert. Der Herr Schwiegerpapa hatte nur einen weiteren Strick durchgeschnitten, mit welchem Hubert an eine Gesellschaft gebunden war, zu der er sich nicht gehörend fühlte.

Jetzt musste er nur noch einen Knoten lösen, und das war weit schwieriger als alles bisher Dagewesene.

****

„Warum haben Sie darauf bestanden, dass ich Sie wieder an den Teich begleiten soll?", fragte Angelika.

„Wäre es nicht gescheiter, wir würden uns aus dem Weg gehen, solange Sie noch hier sind?"

„Keine Angst, Schwester Angelika", antwortete Hubert, *„das ist heute unsere letzte gemeinsame Ausfahrt."*

„Wie meinen Sie das, Herr Meisner?", fragte Angelika.

„Ist Ihre Verachtung für mich so groß, dass Sie sich in eine übertriebe Förmlichkeit flüchten?", fragte Hubert.

„Nein, natürlich nicht", antwortete Angelika, *„es tut mir leid. Ich bin nur so sehr verletzt."*

„*Das verstehe ich*", sagte Hubert, „*und ich möchte Sie daher bitten, mit mir zum Abschied ein klärendes Gespräch zu führen.*"

„*Aber wieso reden Sie von Abschied?*", wagte Angelika einen weiteren Versuch.

„*Das erkläre ich Ihnen später*", sagte Hubert, „*erst erzählen Sie mir, was damals genau passiert ist, und wieso ich hier auf Sie treffe?*"

„*Können Sie sich an den Unfall denn nicht mehr erinnern?*", fragte Angelika erstaunt.

„*Nein*", antwortete Hubert, „*die Ärzte sagten mir im Krankenhaus, ich hätte eine retrograde Amnesie; nur, dass ich mich an das Unfallgeschehen bis heute nicht erinnern kann.*"

Angelika sah in das Gesicht von Hubert und plötzlich sah sie den Mann, dem sie noch vor wenigen Minuten unversöhnlich begegnet war, in einem anderen Licht. Sie begann daran zu glauben, dass Hubert nicht der skrupellose Mensch war, der ursächlich für ihre Verletzungen war, die sie für einige Zeit außer Gefecht gesetzt hatten.

Angelika hatte durch den Unfall eine schwere Gehirnerschütterung und ein Schleudertrauma erlitten. Sie war jedoch nicht gewillt, Hubert den wahren Umfang ihrer Verletzungen mitzuteilen.

„*Ich habe mich bei dem Unfall damals nur leicht verletzt. Das Sanatorium ist seit vielen Jahren mein*

Arbeitsplatz und ich durfte meine Blessuren hier auskurieren", antwortete sie stattdessen.

„Das freut mich sehr, dass Sie damals keine schweren Verletzungen erlitten haben", sagte Hubert, *„ich könnte mir das sonst nie verzeihen."*

Und wieder kam es Angelika in den Sinn, dass alles, was Hubert sagte, wohl wahr sein müsste.

„Glauben Sie an Schicksal, Angelika?", fragte Hubert, *„oder ist es reiner Zufall, dass wir schon zweimal aufeinandergetroffen sind?"*

„Wieso zweimal?", fragte Angelika erstaunt.

„Nun, das erste Mal mit unseren Autos und das zweite Mal hier im Sanatorium", antwortete Hubert.

„Ist das nicht ein wenig makaber?", fragte Angelika, *„dass Sie den Unfall als ein <Aufeinandertreffen> bezeichnen?"*

„Nicht, wenn man des Wortes ursprüngliche Bedeutung in Betracht zieht. Aber sollte ich Sie damit verletzt haben, so bitte ich um Entschuldigung", sagte Hubert mit einem verschmitzten Lächeln.

Angelika lächelte ebenfalls ein wenig, als sie antwortete:

„Ihre Wortwahl hat mich keineswegs verletzt, hingegen Ihre ungestüme Art von damals sehr wohl."

„Ich war an jenem Tag so sehr in Gedanken verstrickt, dass ich heute nicht mehr sagen kann, wie genau es zu diesem Unfall kommen konnte", sagte Hubert.

„Das Einzige, was ich heute sagen kann, ist, dass es mir unendlich leidtut, was ich Ihnen damals angetan habe und dass ich Sie – wenn auch mit Verspätung – von ganzem Herzen um Verzeihung bitten möchte."

Hubert war sehr ernst geworden, als er das sagte. Er schaute in Angelikas Gesicht in der Hoffnung, sie würde seine Entschuldigung annehmen. Aber nichts dergleichen geschah. Stattdessen sagte sie:

„Sie sprachen vorhin von <Abschied>. Ich dachte, Ihr Aufenthalt würde noch länger dauern. Sind Sie denn schon wieder soweit hergestellt?"

„Noch nicht so hundertprozentig", antwortete Hubert, *„aber das wird schon werden."*

„Ja, warum brechen Sie dann vorzeitig ab?", fragte Angelika.

„Weil ich nicht mehr funktioniere, und einige Menschen sehr verärgert habe."

„Das verstehe ich nicht", sagte Angelika, *„das müssen Sie mir schon genauer erklären."*

Hubert war überrascht, dass Angelika ein solches Interesse für die Hintergründe seiner vorzeitigen Abreise zeigte. Sollte ihr vielleicht doch etwas an ihm liegen. War es vielleicht sogar Liebe?

Dann erzählte Hubert Angelika seine Lebensgeschichte. Er beschränkte sich dabei auf die Zeit, in welcher Hannelore und ihr mächtiger Vater einen starken Einfluss auf ihn hatten.

„*Eines verstehe ich noch immer nicht*", sagte Angelika am Ende seiner Ausführungen. „*Sie haben das doch alles selbst einmal gewollt?*"

Hubert kam nun nicht umhin, auch die Vorgeschichte zu beichten, mit all ihren unschönen Facetten.

Als er am Ende damit war, dachte Angelika lange nach. Dann sagte sie:

„*Als ich Sie mit Ihrer lieben Mutter gesehen habe, schien es eine sehr harmonische Angelegenheit zwischen ihr und Ihnen gewesen zu sein.*"

„*Das war es auch*", entgegnete Hubert, „*meine Mutter ist ein ganz wunderbarer Mensch.*"

„*Das glaube ich gern*", sagte Angelika, „*ich fand sie auch sehr sympathisch.*"

„*Und was ist mit mir?*", fragte Hubert mit einem Augenzwinkern.

„*Hören Sie auf, Herr Meisner*", sagte Angelika, „*Sie kennen meine Antwort.*"

Ermuntert durch das Lächeln, welches Angelika dabei begleitet hatte, als sie das sagte, setzte Hubert nach:

„*Ich kenne die Antwort vom letzten Mal; aber wie ist das heute?*"

„*Sie machen mich verlegen, Herr Meisner*", sagte Angelika und errötete leicht.

„*Wissen Sie, was meine Mutter mir gesagt hat?*", fragte Hubert.

Angelika zuckte mit den Schultern.

„*Dass ich in Sie verliebt wäre, und dass Sie mich vielleicht auch ein wenig gernhaben würden.*"

„*Und? Stimmt das?*", fragte Angelika, „*dass Sie in mich verliebt sind?*"

Hubert war überrascht. Damit hatte er nicht gerechnet. Sein Herz klopfte wie wild. Ein solches Gefühl hatte er noch nie zuvor in seinem Leben.

Er war immer der Jäger auf der Suche nach Beute. Er hatte nie nach Liebe gesucht; die wollte er nicht und die brauchte er auch nicht. Und jetzt überfiel ihn dieses Gefühl, ohne jede Vorwarnung und ohne jegliches Wissen, wie man damit umgeht.

„*Was mich betrifft, so trifft es zu*", antwortete Hubert, „*ich habe mich in Sie verliebt. Aber was ist mit Ihnen, Angelika?*"

Hoffen und Bangen wechselten sich einander ab. Hubert starrte gebannt auf Angelikas Mund, aus welchem er die erlösende Botschaft zu hören wünschte. Aber es kam nur Stille aus Angelikas Mund.

„Wie kann ich auf etwas hoffen, das zu geben ich niemals bereit war", dachte Hubert, *„das ist die gerechte Strafe"*.

„Gib mir Zeit", drang plötzlich Angelikas Stimme an sein Ohr. *„Ich bin zu sehr aufgewühlt; es tut mir leid."*

Danach rannte sie davon und ließ Hubert zurück, über dem gerade die Wellen der Enttäuschung zusammenschlugen.

*****

„Hallo, Herr Meisner. Ich freue mich, dass wir uns noch einmal sehen, bevor Sie gehen."

„Ich komme auf Geheiß des Verwaltungsdirektors zu Ihnen, verehrter Herr Professor", antwortete Hubert, *„Sie sollen mich noch einmal untersuchen."*

„Das ist Unsinn, mein Lieber", antwortete Professor Thalmann, *„Sie sind hier, weil ich Sie noch einmal sehen und sprechen wollte."*

Hubert war überrascht, als er das hörte.

„Ich habe Sie seit ein paar Wochen beobachten können und ich habe Sie in mein Herz geschlossen."

Jetzt verstand Hubert überhaupt nichts mehr. Wieso sollte der alte Mann ihn in sein Herz geschlossen haben?

„Vom Verwaltungsdirektor weiß ich um Ihren Rausschmiss, und ich muss sagen, das ist eine Ungeheuerlichkeit."

Huberts Verunsicherung nahm zu.

„Ich hatte schon einige Male das zweifelhafte Vergnügen unseren Sponsor, Ihren Herrn Schwiegervater, in unserem Sanatorium zu begrüßen.

Wir haben es in all der Zeit nicht geschafft, Freunde zu werden. Das mag vornehmlich daran gelegen haben, dass ich das partout nicht wollte."

„Ich verstehe nicht, Herr Professor", versuchte Hubert sein Gegenüber zu unterbrechen.

„Haben Sie noch etwas Geduld, mein lieber Junge, dann werden Sie mich schon verstehen", sagte der Professor und fuhr dann fort:

„Meine Tochter hat mir von Ihnen erzählt, ja was sage ich, sie hat förmlich von Ihnen geschwärmt. Und auch von Ihrer verehrten Frau Mama."

Jetzt gingen bei Hubert die Lichter endgültig aus.

„Verzeihen Sie, Herr Professor", sagte Hubert, *„ich kenne weder Ihre Tochter, noch kann ich mir vorstellen, dass Ihre Tochter meine Mutter kennt."*

„*Da irrst du dich*", sagte eine Stimme aus dem Hintergrund.

Hubert drehte sich um, und dann gingen die Lichter alle wieder an. Angelika stand die ganze Zeit hinter einem Paravent und kam jetzt hervor.

„*Sie sind..., du bist die Tochter?*"

„*Ja, das ist mein liebster, wunderbarer Papa, und jedes Wort, das er dir gerade gesagt hat, ist wahr.*"

Angelika stand nun dicht vor Hubert, der aufgestanden war.

„*Was seid ihr bloß für eine Generation*", sagte der Professor, „*zu meiner Zeit hätten sich die Liebenden jetzt geküsst.*"

„*Das ist auch heute noch so*", sagte Hubert, umschlang Angelika, hob sie ein wenig in die Höhe und küsste sie.

„*Vorsicht, junger Mann*", sagte der Professor, „*noch sind Sie rekonvaleszent.*"

„*Ich fühle mich so stark, wie noch nie in meinem ganzen Leben*", antwortete Hubert, „*es ist nur schade, dass das meine Mutter nicht sehen kann.*"

„*Da irren Sie sich schon wieder, mein lieber Hubert*", sagte der Professor und deutete dabei auf die Tür, seitlich seines Schreibtisches.

Elsa Meisner, die glücklichste Mutter auf der Welt, war eingetreten, und wieder einmal flossen Tränen über ihr Gesicht. Es waren Tränen der Freude, und sie hatten ein hohes Ansteckungspotenzial.

Der Herr Professor, selbst ein gestandenes Mannsbild, nahm seine Brille ab und putzte sie, obwohl sie nicht wesentlich verschmutzt war. Als er sie wieder aufsetzte, wischte er sich fürsorglich über die Augen.

„Ich denke, das ist ein guter Grund, ein Glas Champagner zu trinken. Und ich dulde keinerlei Widerspruch; das ist eine ärztliche Anweisung!"

*****

Nachtrag:

Lieber Leser, die Geschichte ist hiermit zu Ende. Es wäre nur noch nachzutragen, dass es sich bei Mme. Chantal Forestier in Wahrheit um eine Schulkameradin und frühere Freundin von Hannelore handelte. Nur dass sie damals noch Elvira Förster hieß.

Die ausgeprägte Schönheit dieser Frau, welche ihr von der Natur mitgegeben wurde, stand jedoch in einem krassen Missverhältnis zu ihrer Intelligenz. Sie ging einem windigen Fotografen auf den Leim, der mit ihr Probeaufnahmen machte, welche er angeblich einer Agentur für Models zur Verfügung stellen wollte.

Am Ende kam jedoch nur eine zweifelhafte, wenn auch gut bezahlte Karriere als Darstellerin für Pornofilme heraus. Daher resultiert auch ihr Künstlername „Chantal Forestier".

Gedreht wurden die erotischen Kunstwerke jenseits des Rheins auf französischem Boden. Auf diese Weise kam Chantal mit der französischen Sprache in Kontakt. Die Karriere endete abrupt, als besagter Fotograf ihrer überdrüssig geworden war und sie in die Wüste geschickt hatte.

Als Chantal, vulgo Elvira danach per Zufall mit Hannelore zusammentraf, und als Elvira ihrer Busenfreundin von ihrer bewegten Vergangenheit erzählte, brachte sie Hannelore auf eine Idee.

Die Aussicht auf ein paar Tage kostenlosen Aufenthalt in einem mondänen Sanatorium und ein entsprechendes Taschengeld waren überzeugende Argumente.

Elvira, in Person der Mme. Chantal Forestier, sollte Hubert – nach allen Regeln der Kunst – zum Ehebruch verführen und diese schmutzige Angelegenheit auch fotografisch dokumentieren.

Als Elvira in ihrer unersättlichen Gier den alten Heinrich Lohmann später damit erpressen wollte, dass sie mit ihrem Wissen um diese Intrige an die Öffentlichkeit gehen würde, sollte sie kein Schweigegeld erhalten, zeigte sie der alte Lohmann an.

Stattdessen befindet sie sich jetzt in Untersuchungshaft und wartet auf ihren Prozess....

Seine kaiserliche Majestät Wilhelm II

Wilhelm der Eroberer *27.01.1859 †04.06.1941
Eroberungen: hmmm…

Wilhelm – Gatte von Katharina und
gefühltes Ebenbild seiner Majestät

Wilhelm der Eroberer *31.01.1878 †05.05.1918
Eroberungen: diverse Anhänger des weiblichen
Geschlechts

Elsa, Katharina und Hermine

Mutter mit Töchtern

Elsa und Hubert

Mutter und Kind

Die „Verleihungsurkunde"

Im Namen des Führers und Reichskanzlers

 er verwitweten Frau M e i s n e r , Katharina

Neckarelz

ist auf Grund der Verordnung vom 13. Juli 1934 zur Erinnerung an den Weltkrieg 1914/1918 das von dem Reichspräsidenten Generalfeld= marschall von Hindenburg gestiftete

Ehrenkreuz für Witwen

verliehen worden.

Mosbach , den 15. Januar 1935 .

Der Landrat .

Nr. 76 /35 .

Ehrenkreuz für Witwen